Christiane Barckhausen **Was bleibt**

Christiane Barckhausen-Canale

Geboren 1942 in Berlin.
1962-1979 Arbeit als Dolmetscherin für Spanisch und Französisch sowie als Übersetzerin spanischer Bücher. Seit 1980 Veröffentlichung eigener Bücher. 1987 Literaturpreis des FDGB für »Schwestern«. Seit 1982 Recherchen zu Tina Modotti. 1987 erscheint ihre Modotti-Biografie »Auf den Spuren von Tina Modotti« in der BRD, 1989 dann unter dem Titel »Wahrheit und Legende einer umstrittenen Frau« in der DDR. Im gleichen Jahr erhält Christiane Barckhausen-Canale den Literaturpreis des Frauenverbandes DFD. 1988 wird ihr für die von ihr selbst übersetzte spanische Fassung als erster Europäerin der Literaturpreis der Casa de las Americas in Kuba verliehen.
1992 ist sie Mitbegründerin des noch heute in Berlin existierenden Interkulturellen Frauenzentrums S.U.S.I und beginnt mit dem Aufbau des Tina-Modotti-Archivs, das 2010 nach Bonefro, Italien, übersiedelt.
Im Verlag Wiljo Heinen erschien ihre biografische Skizze »Tina Modotti. Den Mond in drei Teile teilen« (2012).

Christiane Barckhausen

WAS BLEIBT

Begegnungen in der Welt und in Berlin

Arbeiterlogik • 2022

Mir war eigentlich schon immer klar, dass ich niemals eine Autobiografie schreiben würde, schon deshalb, weil mein Langzeitgedächtnis äußerst lückenhaft ist. Vielleicht ist dies ein »Kollateralschaden«, eine Folge der Tatsache, dass ich jahrzehntelang als Simultandolmetscherin das, was ich hörte, sofort in meine Muttersprache übersetzen musste und keinerlei Übung darin hatte, Dinge im Gedächtnis zu verankern. Mein Entschluss, mein privates und berufliches Leben nicht an die Öffentlichkeit zu tragen, festigte sich immer mehr, seit der Buchmarkt mit Autobiografien von Verfassern überschwemmt wird, die noch nicht einmal dreißig oder auch nur fünfundzwanzig Jahre jung sind.

Es ist ja nicht so, dass es nichts zu erzählen gäbe. So zum Beispiel meine größte Blamage als Dolmetscherin, als ich bei einem Gespräch zwischen Egon Krenz und Fidel Castro den Comandante dreimal bitten musste, ein Wort zu wiederholen, das ich nicht kannte: es war die Bezeichnung der Landessprache Eritreas: *amharisch.* Nie habe ich die hochgezogenen Brauen Fidel Castros vergessen, der sich wohl fragte, ob die DDR keine besseren Dolmetscher hatte.

Oder mein Gespräch, eher eine Diskussion, mit Fidel Castro im Jahre 1990, als ich ihm nicht mehr als Dolmetscherin, sondern als Autorin einer Biografie Tina Modottis gegenüberstand. Wir diskutierten über das, was sich seit dem Herbst 1989 in meinem Land abspielte, und ich erinnere mich dunkel, dass wir nicht in allen Punkten übereinstimmten.

Natürlich könnte ich von den Begegnungen mit Pablo Neruda, mit der Witwe Salvador Allendes, mit Sohn und Töchtern von Luis Corvalan, mit Gladys Marín, mit Künstlern, Sängern, Gewerkschaftern und Guerilleros verschiedener lateinamerikanischer Länder berichten, oder von den unvergesslichen Tagen mit dem spanischen Dichter Marcos Ana bei einem internationalen Schriftstellertreffen 1965 in Weimar, als ich 23 Jahre alt war und Marcos gerade eine 23-jährige Haft in Franco-Spanien hinter sich hatte.

Aber als Autorin haben mich immer vor allem die Menschen interessiert, die eher unbekannt waren, sowohl im eigenen Land als auch international. Ihre Lebensgeschichten habe ich in zwei Büchern (»Schwestern« und »Männer erzählen«) festgehalten, aber auch in Beiträgen, die in Zeitschriften wie »Für Dich« oder »Wochenpost« veröffentlicht wurden. Diese Geschichten brachten den in den Landesgrenzen eingeschlossenen BürgerInnen der DDR die Welt etwas näher, nicht die Welt der großen Politik, sondern die der

Menschen, die versuchten, mit ihrem Wirken und ihren Opfern die gesellschaftlichen Zustände in ihren Ländern zu verändern.

Ich bin dem Verleger Wiljo Heinen sehr dankbar dafür, dass er mit jetzt, kurz vor meinem 80. Geburtstag, die Möglichkeit gibt, einige dieser Menschen einer jüngeren Generation von Lesern näher zu bringen. Aber all diesen Geschichten möchte ich heute eine Weitere hinzufügen, und dabei handelt es sich denn doch um eine Episode aus meinem Leben.

Es ist eine Begebenheit aus meiner Kindheit, die ich trotz des schlechten Langzeitgedächtnisses nie vergessen habe. Jetzt, im März 2022, drängt sie mit Gewalt an die Oberfläche, raubt mir in den Nächten den Schlaf und wirft viele Fragen auf.

Es war Januar 1946 und ich war noch keine vier Jahre alt. Meine Eltern waren ein Jahr zuvor aus Berlin in die Gegend um Magdeburg geflohen und wir lebten auf einem Gutshof, den meine Großeltern väterlicherseits bewirtschafteten. Nach Kriegsende waren zunächst amerikanische Truppen einmarschiert, die jedoch später von Militärs abgelöst wurden, die meine Großmutter als »Russen«, meine Mutter jedoch als »Sowjetsoldaten« bezeichneten. Offiziere und einige Soldaten waren im Gutshaus untergebracht, andere Soldaten kampierten in Zelten, und unsere Familie bewohnte einen der Pferdeställe.

Es war ein sehr strenger Winter, und an besonders eisigen Abenden sammelten die

»Russen« in der näheren Umgebung alles, was als Heizmaterial genutzt werden konnte und entfachten in der Mitte des Gutshofes riesige Holzfeuer. Das war ein Schauspiel, das ich mir nie entgehen ließ. Und dann, an einem Abend im Februar, sah ich, wie einige Soldaten einen großen hölzernen Gegenstand herbeischleppten und ins Feuer warfen: meinen geliebten Schlitten! Ich rannte brüllend auf das Feuer zu, aber der Schlitten war direkt im Feuer gelandet und ich konnte nur stehen bleiben und weinen und immer wieder rufen: »Mein Schlitten, mein Schlitten!«

Und plötzlich sprang einer der Soldaten direkt in das Feuer und holte meinen Schlitten, der stellenweise schon Feuer gefangen hatte, heraus, legte ihn vor meine Füße und versuchte, meine Tränen zu trocknen. Als er mich einigermaßen beruhigt hatte, pochte er sich mit einem Finger auf die Brust und sagte: »Boris, Boris. Ja Boris.« Und dann kam schon meine Großmutter und zog mich mit sich in Richtung des Pferdestalles.

Wie gesagt, ich habe diesen Boris nie vergessen, aber ich wusste gar nichts von ihm außer seinem Namen. Als ich älter wurde, erfuhr ich, dass in der Sowjetarmee nicht nur Russen kämpften, sondern auch Angehörige vieler Völkerschaften: Kasachen, Usbeken, Armenier, Tataren, Ukrainer …

Dem Äußeren nach musste »mein Boris« Russe oder Ukrainer gewesen sein. Ein junger Mann, wohl nicht älter als 25 Jahre. Also etwa 20 Jahre älter als ich. Heute ist er sicher nicht mehr am Leben, und das bewahrt ihn davor, mitansehen zu müssen, wie Soldaten der einen ehemaligen Sowjetrepublik die Soldaten und Zivilisten einer anderen ehemaligen Sowjetrepublik überfallen.

In meinen schlaflosen Nächten male ich mir aus, wie das Leben von Boris nach der Rückkehr in seine Heimat verlaufen sein mag. Ich frage mich, ob ich ihm, ohne es zu wissen, während einer meiner Besuche in Moskau, Kiew oder Charkow begegnet bin. Hat er eine Familie gegründet? Hatte er Kinder? Enkel? Er könnte Urenkel haben, die heute bereits erwachsen wären. Lebten sie in Russland, und wären es junge Männer, wo würden sie heute stehen? Wären sie in das Kriegsgeschehen verwickelt? Wären sie Zivilisten, – würden sie Putin zujubeln oder gegen den Krieg demonstrieren? Und wenn Boris Ukrainer gewesen wäre, wo würde ich seine Urenkel heute finden? Unter den ukrainischen Soldaten? Unter den Zivilisten, die Molotowcocktails herstellen? Oder haben sie schon lange vor dem Krieg ihr Land verlassen und arbeiten heute vielleicht in Italien, wo ich diese Zeilen schreibe und wo seit Jahren viele junge Ukrainer und Ukrainerinnen als billige Arbeitskräfte das Geld für ihre in der Heimat zurückgebliebenen Familien verdienen?

Fragen über Fragen, die ich mir in diesen Februar- und Märznächten gestellt habe, und Familiengeschichten, die ich mir ausgemalt habe. Auf die Fragen werde ich nie eine Antwort bekommen, und was die Familiengeschichten angeht, – es gibt noch viele Varianten, die ich erfinden könnte, aber es gibt auch eine Konstante: ob

Russe oder Ukrainer, ich gehe immer davon aus, dass Boris rechtzeitig gestorben ist und dass er diesen Krieg nicht mitansehen muss, er, der im Winter 1946 sicher davon überzeugt war, dass der Krieg, den er gerade überlebt hatte, der Letzte war und dass die Menschheit aus dieser Tragödie die richtigen Lehren ziehen würde.

Ich widme dieses Buch meiner Urenkelin Camila, die in Barcelona zur Welt kam, am 23. Februar 2022.

Christiane Barckhausen-Canale

Besuch bei Dora Alonso
1984

»Nach Straße und Hausnummer habt ihr gefragt? Aber warum denn? Warum habt ihr nicht gesagt, dass ihr zu Dora wollt? Ihr hättet euch die lange Irrfahrt sparen können.«

Der Mann schüttelt den Kopf über so viel Dummheit, wendet sich vorwurfsvoll an meine kubanischen Freunde, die mich in diesen Teil von Havanna gebracht haben und große Schwierigkeiten hatten, die Straße und das Haus ausfindig zu machen.

»Ihr hättet doch wissen müssen, dass jeder hier in diesem Stadtteil Dora Alonso kennt!«

Dora, die in der Küche den Kaffee für uns zubereitet hat, setzt das Tablett auf dem niedrigen Tischchen ab, packt ihren Mann an der Schulter und schiebt ihn zur Wohnungstür. »Du übertreibst mal wieder«, sagt sie lächelnd, und in ihrer Stimme liegen Vorwurf und Zärtlichkeit zugleich. »Man könnte glauben, ich sei ein Filmstar … und nun geh schon, die Miliz wartet nicht.« Bevor sie die Tür hinter ihm schließen kann, zwinkert er mir noch einmal zu wie ein Verschwörer. »Wenn du etwas über Dora erfahren willst, compañera, musst du sehr hartnäckig sein. Sie fragt den Leuten Löcher in den Bauch, kann anderen stundenlang zuhören, aber über sich selbst spricht sie nicht gern.«

Doch kurze Zeit später – die winzigen Kaffeetassen sind längst geleert, die Freunde haben uns allein gelassen – sind Dora und ich bereits in ein angeregtes Gespräch vertieft. Der Erfahrungsaustausch über die Anforderungen unseres Berufes, über die Schwierigkeiten, den Drang zum Schreiben und die Erfordernisse eines geordneten Familienlebens miteinander zu vereinen, bringt uns beinahe automatisch auf das Anliegen, das mich zu ihr geführt hat. Ohne dass ich die Frage ausdrücklich formulieren muss, erfahre ich, wie diese Frau, die gerade ihren 73. Geburtstag gefeiert hat, zu der angesehenen Schriftstellerin wurde, deren Adresse heute fast jeder Einwohner von Havanna kennt.

Dora ist auf dem Lande aufgewachsen, in einer Familie wohlhabender Viehzüchter. Ihre Kindheit war geprägt von der wilden Schönheit der heimatlichen Landschaft, die in ihr einen so starken Willen nach Freiheit und Ungebundenheit wachsen ließ, dass die Eltern sie, halb bewundernd, halb vorwurfsvoll, als »Bengel« bezeichneten. Dora, ein eher kränkelndes Kind, setzte sich schon früh über die Vorurteile ihrer Klasse und über die Grenzen, die ihr Gesundheitszustand ihr setzte, hinweg, ritt stundenlang über Weiden und Koppeln des väterlichen Besitzes und hielt sich am liebsten in den Hütten der Landarbeiter auf, in denen sie erstmalig mit der harten Realität der Anderen, der Besitzlosen, konfrontiert wurde. Da sie ein Mädchen war, hielt es die Familie nicht für notwendig, sie auf eine höhere Schule zu schicken, und so musste sie aus eigener Kraft Wege finden, ihre Wissbegierde zu stillen. Jeden Tag, nach Anbruch der Dunkelheit, trieb sie heimlich in ihrem Zimmer Selbststudien, las alle Bücher, deren sie habhaft werden konnte. Mit 22 Jahren trat sie der Gruppe »Junges Kuba« bei, die sich den Sturz der Machado-Diktatur zum Ziel gesetzt hatte, und dies, so meinte die Familie, war schlimmer als ihre Angewohnheit, auf Bäume zu klettern und viele Stunden bei den Landarbeitern zu verbringen. »Das Mädchen wird noch Kommunistin werden!« rief ihre Mutter einmal aus, als wolle sie sagen: Sie hat sich mit dem Teufel eingelassen.

Mit 26 Jahren machte Dora erste Heiratspläne. Ihr Verlobter Constantino war Gewerkschaftsführer der Arbeiter einer Zigarrenfabrik, und von ihm erfuhr Dora, dass die Armut und das Elend der Landarbeiter gesetzmäßige Folgen eines bestimmten gesellschaftlichen Systems waren und dass es dieses System zu verändern galt. Aus ihrem ursprünglich rein humanistisch geprägten Mitgefühl für die Ärmsten der Armen wurde bewusstes Eintreten für eine Klasse, die nicht die ihre war.

Dann, eines Tages, wurde Doras neu gewonnene Überzeugung auf eine harte Probe gestellt. Constantino eröffnete ihr, er habe sich in einem Rekrutierungsbüro der Sozialistischen

Volkspartei gemeldet; er werde als Freiwilliger nach Spanien gehen, um dort die Republik zu verteidigen. Dora, die von einer baldigen Heirat geträumt hatte, zeigte sich einsichtig. Sie verzichtete nicht nur auf jeden Versuch, den Verlobten umzustimmen, sondern bestärkte ihn in seinem Entschluss, indem sie sich bereit erklärte, während seiner Abwesenheit einen Teil seiner politischen Aufgaben zu übernehmen, Artikel zu schreiben, Texte für Flugblätter zu verfassen. Und natürlich würde sie auf ihn warten, so lange es notwendig sein würde. Aber er würde ja sicher bald zurückkehren. Die Verteidiger der spanischen Republik waren im Recht, und angesichts der weltweiten Solidarität mussten sie in nicht allzu ferner Zukunft siegen.

»Ich lief von einer politischen Versammlung zur anderen«, erzählt Dora. »Ich schrieb Artikel und ab und zu kleine Erzählungen; ich versuchte, meine Tage maximal mit Pflichten auszufüllen, um das Warten erträglicher zu machen. Und natürlich schrieb ich lange Briefe an Constantino. Erst Jahre später erfuhr ich, dass kein einziger meiner Briefe ihn je erreicht hatte. Constantino, einer von tausend kubanischen Freiwilligen, war bereits in der ersten Schlacht gefallen …«

Auf der Suche nach besseren Möglichkeiten für eine politische Betätigung, und sicher auch, um den Verlust des Verlobten leichter zu verwinden, zieht Dora nach Havanna, wo sie an verschiedenen literarischen Wettbewerben teilnimmt und ihre ersten Kurzgeschichten veröffentlicht. Das Havanna jener Jahre – Tummelplatz nordamerikanischer Millionäre, ein Paradies für alle, die auf der Suche sind nach Spielhöllen, exklusiven Show-Theatern und billigen Prostituierten – zeigt sich der jungen Frau vom Lande von seiner schlimmsten Seite. Dora sieht bei ihren Streifzügen durch die Elendsviertel Szenen, die sich ihr für immer einprägen sollen; das kleine Mädchen mit dem blutenden Auge beispielsweise, Opfer einer vererbten Syphilis, oder die auf einem Stück Sackleinen kauernde Frau, die ihre Zwillinge im Arm hält. Eines der beiden Kinder ist bereits tot, das andere saugt verzweifelt, aber erfolglos an der schlaffen Brust der Mutter. »Warum gehen Sie nicht mit dem Kind in ein Krankenhaus?« fragt Dora die Frau, und nie wird sie die Antwort, die geflüsterten, monotonen Worte, vergessen: »Was hätte das für einen Zweck? Lassen Sie mich, Señora, ich werde hier sitzen bleiben und warten, bis das Kleine stirbt. Denn sterben wird es, das ist der Wille Gottes ...«

Dora, die jetzt regelmäßig Hörspiele für den Rundfunk schreibt, findet auch unter den Bedingungen der Batista-Diktatur Möglichkeiten, die Realität, in der ein überwiegender Teil ihrer Landsleute lebt oder auch nur so dahin vegetiert, in ihre Arbeit einfließen zu lassen. Aber sie träumt bereits jetzt von dem Tag, da sie ihren lange gehegten Wunsch verwirklichen wird: einen Roman zu schreiben über das Leben der Landarbeiter und der armen Bauern ihrer Heimat. Einen Roman, der nichts beschönigt und der die Sprache derer wiedergibt, die in ihm beschrieben werden.

Und dann kommen eines Tages aus den Bergen der Sierra Maestra die Bärtigen in den olivgrünen Uniformen, und sie leiten in dieser Neujahrsnacht 1958/59 nicht nur ein neues Jahr, sondern ein neues Zeitalter für Kuba ein. Vom ersten Tag an stellt Dora ihr Können in den Dienst der Revolution und besonders derer, die das soeben begonnene Werk einmal fortsetzen und vollenden werden: Sie wird die Wegbereiterin einer eigenen kubanischen Kinderliteratur. Eines ihrer Bücher, »Der kleine blaue Kutscher«, gehört heute zur Pflichtlektüre in den kubanischen Schulen. Seit 1960 hat Dora Alonso 22 Titel herausgebracht. Sie haben eine Gesamtauflage von 1300000 Exemplaren und wurden in ein Dutzend Fremdsprachen übersetzt. Und im Jahre 1961 konnte sie auch den alten Traum vom Roman über die Bauern verwirklichen. »Tierra inerme« – »Regloses Land« – erhielt den Preis der Casa de las Americas.

»Mit diesem Buch habe ich mich freigeschrieben von all den bedrückenden Erinnerungen, von den Bildern, die mich seit meiner Kindheit verfolgt hatten. Das Buch war für mich eine Art Katharsis, und es blieb bis heute mein einziger Roman für Erwachsene. Alles, was ich sonst noch geschrieben habe, ist für Kinder und Jugendliche bestimmt.«

In ihrer Bescheidenheit verschweigt Dora, dass sie in all diesen Jahren auch eine äußerst produktive Mitarbeiterin mehrerer kubanischer Zeitschriften war, dass sie neben der Arbeit an ihren Büchern stets Zeit fand, mit Artikeln und

Betrachtungen einzugreifen in die Geschehnisse des Tages, mit operativen Reportagen bei der Veränderung des Bewusstseins ihrer Leser mitzuhelfen. Es ist erstaunlich: Welchen Teil ihrer Arbeit sie auch immer erwähnt, kaum einmal erweckt sie den Eindruck, stolz zu sein auf das Getane. Immer spricht sie wie jemand, der nichts als seine Pflicht getan hat. Nur einmal liegt ein Anflug von Stolz in ihrer Stimme: Sie kann darauf verweisen, dass alle ihre Hörspiele aus der Zeit vor 1959 nach der Revolution erneut gesendet wurden, ohne dass sie auch nur ein Wort oder ein Komma im Text hätte ändern müssen.

Jetzt, da unser Gespräch den Punkt erreicht hat, da es um Doras eigene Arbeit geht, muss ich immer öfter beharrlich nachfragen, denn es ist wahr: Sie spricht nur ungern über sich selbst. Nur meine Hartnäckigkeit entlockt ihr schließlich auch die folgende Episode:

Im April 1961 macht Dora zusammen mit einem Fotoreporter einen Besuch in Santiago de Cuba, und wie jeder Besucher dieser »Wiege der Revolution« macht auch sie einen Abstecher zum Grab des Nationalhelden José Martí. Hier erfährt sie die ungeheuerliche Neuigkeit: In Playa Girón und Playa Larga sind kubanische Konterrevolutionäre, bezahlt, bewaffnet und ausgebildet von der CIA, gelandet und versuchen, als Auftakt für den Sturz der revolutionären Regierung, einen Brückenkopf zu bilden.

Sofort macht sich Dora auf die Reise nach Havanna. Der Weg führt in der Nähe des Küstenstreifens vorbei, an dem erbitterte Kämpfe zwischen den Konterrevolutionären und kubanischen Milizeinheiten toben. Je näher der Wagen dem umkämpften Gebiet kommt, umso heftiger wird in Doras Innern der Kampf zwischen dem Gefühl der Angst und dem Drang, an die vorderste Frontlinie zu eilen und ihre Pflicht als Reporterin zu erfüllen. Auf der Landstraße trifft sie Menschen, die aus dem umkämpften Gebiet kommen, Zivilisten, die ihr von schrecklichen Szenen berichten, und Doras Angst weicht immer mehr zurück vor dem Hass auf die Invasoren. Sie bittet den Fahrer, nach Playa Girón abzubiegen, wo sie sich beim Stab der Milizen meldet. Man will sie abweisen, schließlich, so heißt es, sei sie eine Frau, und noch dazu eine Frau von über fünfzig Jahren. »Warum wollen gerade Sie …?« »Sie haben es eben selbst gesagt, Genosse: Ich bin volljährig. Ich weiß, was ich zu tun habe.« Und ohne eine Antwort abzuwarten, läuft sie in die Richtung, aus der sie den Geschützdonner hört. Alle Angst ist verflogen, und inmitten der Gefechte interviewt sie die Jungen an den Flak-Geschützen. »Es waren halbe Kinder«, sagt sie heute. »Sie hätten meine Enkel sein können. Und das Erstaunlichste war, dass ich kein einziges Gesicht gesehen habe, auf dem sich Angst gespiegelt hätte. Es war ein einschneidendes Erlebnis, und ich hätte es mir nie verziehen, wäre ich seelenruhig weitergefahren nach Havanna, in meine sichere Wohnung …«

Zwanzig Jahre später – während der Feierlichkeiten zum Gedenken an den Sieg in Playa Girón – bekommt Dora unerwarteten Besuch.

Ein Dutzend Männer steht plötzlich in ihrem Wohnzimmer, Ärzte, Ingenieure, Bauern, Verkäufer. Es sind ihre »Artilleristen-Kinder« von damals. Sie sollen auf einem Festakt ausgezeichnet werden und laden Dora ein, sie zu begleiten. Die Bitte ehrt Dora und sie geht mit »ihren Jungen«. Was sie nicht ahnen kann – an jenem Tag verleiht man auch ihr die Medaille »Sieg von Girón«. Dabei hat sie doch, wie sie heute sagt, nur ihre Pflicht getan wie so viele andere.

Wenig später – auf dem Tisch häufen sich die Manuskripte mit Kinderliedern, Kindergedichten, Stücken für Puppentheater – frage ich Dora nach ihren eigenen Kindern. Vielleicht hat sie sogar Enkel und findet bei ihnen die Anregungen für ihre Bücher?

»Nein, ich habe nie eigene Kinder gehabt … Aber da muss ich dir wohl doch eine Geschichte erzählen, die ich nur ungern erwähne, weil der Schmerz der Erinnerung noch zu frisch ist … Während der Batista-Diktatur gab es hier eine sogenannte ›Hundertjahrfeier zu Ehren von José Martí‹, die allerdings nichts anderes war als eine Beleidigung unseres Nationalhelden. Was hatte Batista mit Martí zu tun? Wie konnte er, der Tausende von Kindern zu Waisen gemacht hatte, es wagen, den Namen des Mannes auszusprechen, der gesagt hatte, die Kinder kämen zur Welt, um glücklich zu sein? Diese ungeheuerliche Schmähung Martís beschäftigte mich damals tagelang und ich erkannte, dass ich eine ganz persönliche Form der Ehrung für Martí finden musste, eine Form, die seinem Wesen und meinen

Überzeugungen entsprach. Und so beschloss ich, ein fremdes Kind zu mir zu nehmen und aus ihm einen Menschen nach dem Bilde José Marti's zu machen, einen Menschen, der mit ganzer Seele empfänglich ist für das Unglück anderer und der sich einsetzt, dieses Unglück zu beseitigen …«

Dora findet schließlich einen siebenjährigen Mulattenjungen, der wie ein Sklave für einen Ladenbesitzer schwere Lasten schleppen muss für eine Schlafstelle und eine Schüssel Reis mit Bohnen. Diesen Jungen, der schon als Kind Opfer schamloser Ausbeutung ist, will sie im Sinne José Martís erziehen.

»Ich erinnere mich an die erste Nacht, die er in meiner Wohnung schlief, in einem richtigen Bett. Vor dem Schlafengehen hatte ich ihm meine Mutter, eine zweiundneunzigjährige Frau, vorgestellt. ›Das ist die Oma‹, hatte ich gesagt, und er hatte ihr mit gesenktem Kopf eine Gute Nacht gewünscht. Später hörte ich aus seinem Zimmer ein eigenartiges Gemurmel. Ich schlich mich an die Tür und lauschte, und da hörte ich, wie er vor sich hin flüsterte ›Oma … Oma … Oma‹. Ich glaubte, er habe Fieber und legte ihm die Hand auf die Stirn. Da setzte er sich auf, legte mir die Arme um den Hals und flüsterte mir ins Ohr: ›Was für ein schönes Wort … Oma …ich habe noch nie zu jemandem Oma gesagt …‹«

Der Junge bleibt bei Dora, bis er seine Maurerausbildung beendet hat. Dann besteht sie darauf, dass er lernt, auf eigenen Füßen zu stehen. Nichts anderes hätte sie getan, wäre er ihr eigener Sohn gewesen. Er geht auf eine Baustelle in Oriente und meldet sich regelmäßig einmal in der Woche bei seiner »Mutter«. Dann aber, ganz plötzlich …

»Wochen vergingen, ohne dass ich etwas von ihm hörte. Mein Geburtstag kam heran, ein Tag, an dem er mich stets besucht hatte, ganz gleich, welchen Weg er zurückzulegen hatte. Diesmal aber blieb sein Platz am Geburtstagstisch leer. Spät am Abend klingelte das Telefon. Ich nahm den Hörer ab, aber am anderen Ende der Leitung blieb es still. Ich hörte nur jemanden leise atmen. Ich rief seinen Namen, denn ich wusste, dass er es war. Aber ich bekam keine Antwort … Monate später tauchte er plötzlich wieder auf, und nun gestand er mir, warum er sich so lange von mir fern gehalten hatte. Er hatte sich im Betrieb etwas zuschulden kommen lassen, eine Disziplinlosigkeit wohl, und er schämte sich, mir unter die Augen zu treten. Nun war die Sache bereinigt, und er kam, um sich zu verabschieden. Er hatte sich gerade als Freiwilliger nach Angola gemeldet …«

Dora schweigt; zum ersten Mal habe ich das Gefühl, einer alten Frau gegenüber zu sitzen, einer Frau, die das Leben müde gemacht hat. Dann, ganz plötzlich, steht sie auf und stellt die Tassen aufs Tablett. »Vor zwei Jahren ist er gefallen. Ich weiß nicht einmal, wo sein Grab ist. Irgendwo in Angola …«

Als Dora aus der Küche zurückkommt, hat sie sich wieder in der Gewalt. »Jetzt gibt es in meinem Leben einen einzigen Mittelpunkt, und das ist unsere Revolution. Mit fünfzig bin ich nach

Girón gegangen, und was ich dir jetzt sage, ist keine Phrase. Ich bin jetzt 73. Sollten sie es wagen, Kuba heute anzugreifen – wer auch immer, kubanische Konterrevolutionäre oder amerikanische Marines – sollten sie dasselbe versuchen wie in Grenada – ich gehe wieder an die Front. Ich kenne keine Angst mehr …«

Als Dora mir ihren Reportageband aus Playa Girón zeigen will, klingelt es. Die Portiersfrau eines benachbarten Hauses – vor zwanzig Jahren von Dora alphabetisiert – bringt eine junge Lehrerin, die Dora zu einer Lesung einladen will. Dora macht mir ein Zeichen. Ich soll warten, wir werden später weiter reden. Aber ich begreife, dass ich nun gehen, dass ich Dora den Menschen überlassen muss, für die sie schreibt und für die sie lebt.

Ein Brief nach Managua

Für Dich, 1984

Liebe, starke Marivi!

Erst heute, in mein Land zurückgekehrt, kann ich tun, wozu es mich seit einer Woche drängt: Dir ein paar Zeilen schreiben, Zeilen, die Dich sicher nicht über den Tod Deines Enrique hinweg trösten können, die Dir aber zeigen sollen, dass Du nicht allein bist in Deinem Schmerz.

Die Nacht vom 6. zum 7. November, die Nacht nach der Beisetzung Deines Mannes, bedeutete für Dich wohl das erste wirkliche, auch körperliche Begreifen einer neuen Situation, einer Einsamkeit auch in den wenigen Stunden zwischen Sonnenuntergang und Morgengrauen, die Dir und Enrique normalerweise Gelegenheit gaben, nach aufreibender Aktivität und anstrengender Arbeit des Tages Gedanken auszutauschen, Eindrücke zu verarbeiten, Pläne zu schmieden, Wünsche zu äußern. Von nun an aber, das musst Du in dieser Nacht zum ersten Mal gespürt haben, wirst Du, wenn Du die Nähe eines Menschen brauchst, euer Kind fest an Dich drücken und seine Fragen nach dem Vater beantworten müssen. Fragen, die die Wunde stets von neuem aufreißen werden.

Die Nacht zum 7. November, Marivi, war für mich die letzte in Nikaragua, für wer weiß wie lange Zeit. Und es war diesmal nicht nur die ungewohnte Hitze, die mich nicht schlafen ließ. Es waren auch nicht die Erinnerungen an die zurückliegenden Tage, an die vielen erregenden Erlebnisse während der Zeit vor und nach den ersten demokratischen Wahlen in der Geschichte Nikaraguas.

Alles, was ich gesehen und erlebt, alles, was mich aufgewühlt hatte bei diesem kurzen Aufenthalt in Managua, wurde überschattet von der Zeitungsmeldung, die ich am Morgen des 6. November las, am Morgen des Tages, der mit einem Schlag Dein Leben veränderte. »Enrique Schmidt, Minister für Post- und Fernmeldewesen, war das einzige Opfer aufseiten der Sandinistischen Volksarmee, als eine ihrer Einheiten nach tagelanger Verfolgung die konterrevolutionäre Bande vernichtete, die Tags zuvor in Ciudad Sandino sechs Kinder ermordet hatte ….«

Ich brauchte das Foto neben der Meldung nicht anzusehen; ich erinnerte mich sofort an Enrique, den ich einmal interviewt hatte, vor drei Jahren, als er noch Chef der neu gebildeten Sandinistischen Polizei war. Ich fühlte mich zurück versetzt an einen Tag im Mai 1981, in sein Arbeitszimmer, und ich sah die Gesichter der beiden blutjungen Verkehrspolizistinnen, die mir aus ihrem Leben berichten sollten. Sie warfen misstrauische, nein, abweisende Blicke auf meinen

Rekorder und meine Kamera, und sie wurden erst zugänglich, besser gesagt, aufgeschlossen, nachdem Dein Mann sie überzeugt hatte, mir auf alle Fragen ehrlich und ausführlich zu antworten. Ja, Du hast richtig gelesen: Er hat sie überzeugt, freundschaftlich, einfühlsam, mit leiser Stimme. Dabei hätte ihm, als ihrem Vorgesetzten, ein kurzer Befehl genügt, und das Interview wäre zustande gekommen. Aber eben diese Tatsache, dass er mit ihnen sprach wie ein großer Bruder, ließ die kurze Begegnung mit ihm für mich zu einem unvergesslichen Erlebnis werden.

Aber da gab es noch einen anderen Grund, aus dem mir Enrique so nahe stand. Ich kannte ihn ja bereits seit dem Tag im April 1980, da wir beide, Marivi, Du und ich, mit Deinem kleinen Auto durch Managua gefahren waren und Du mir von eurer Liebe und den Prüfungen, denen sie ausgesetzt worden war, erzählt hattest.

Du wirst Dich nicht mehr daran erinnern, denn als Pressesprecherin des Ministeriums für Soziales musst Du damals, im ersten Jahr der Revolution, zahllose Reporter aus aller Welt betreut und durch Managua gefahren haben. Für mich blieb der Tag unvergessen, denn Du führtest mich unter anderem in ein Umerziehungslager für ehemalige Nationalgardisten, und die Art und Weise, wie Du über die Lagerinsassen sprachst – über diejenigen immerhin, die Deinen Mann und seine Genossen gejagt, verfolgt und gefoltert hatten – gab mir eine erste Ahnung von der Größe und Menschlichkeit eurer Revolution. »Sie kommen ja nicht als Bestien zur Welt; sie wurden zu Bestien gemacht«, sagtest Du damals, »und wir haben uns vorgenommen, sie wieder zu Menschen zu machen, zu Menschen, die eines Tages zu den Nutznießern dieser Revolution gehören werden.«

Stunden später besuchten wir ein Heim für kriegsversehrte sandinistische Kämpfer, sprachen mit jungen Menschen, die sich erst an den Rollstuhl, die Handprothese, den Blindenstock gewöhnen mussten. Und dann saßen wir der Heimleiterin gegenüber, einer Frau, die für alle diese Versehrten zur Mutter geworden war, und sie sprach plötzlich von ihrem eigenen Sohn, dessen Spur sich in den Tagen nach dem Sieg der Revolution verloren hatte. »Am 21. Juli hat er mich noch aus Rivas angerufen. Mutter, ich lebe, ich komme zu dir, koch mir meine Lieblingsspeise ... Das war das letzte, was ich von ihm gehört habe. Mitkämpfer berichteten mir später, er sei auf dem Weg nach Managua in einen Hinterhalt versprengter Nationalgardisten geraten, sei schwer verwundet worden, im Gesicht, furchtbar entstellt ... Aber warum kommt er nicht zu mir? Ich bin seine Mutter! Mich würde die schlimmste Verstümmelung nicht schrecken. Wenn ich es ihn nur wissen lassen könnte!« Die Frau konnte nicht weiter sprechen; Du gingst zu ihr und legtest ihr den Arm um die Schulter, und als wir Minuten später wieder auf der Straße standen, lag ein unbekannter, harter Zug um Deinen Mund. »Wir dürfen nicht vergessen, nie!« Sagtest Du leise. »Wir müssen wachsam sein, unnachgiebig gegenüber jedem Feind. Wenn sie es jemals wieder wagen sollten ...«

Damals, 1980, im April, schien es uns beiden unvorstellbar, dass der schwer erkämpfte Frieden Nikaraguas nicht von Dauer sein sollte. Vor allem: Wir wollten nicht glauben, dass in Deinem Land noch einmal Blut fließen würde. Doch schon drei Monate später wurde ein junger Alphabetisator das erste Opfer der Konterrevolution. Heute nun steht, am Ende der Liste mit den 8000 Namen derer, die von den Contras ermordet wurden, der Name Deines Mannes: Enrique Schmidt.

Wir sind es Dir und Deinem Kind, wir sind es Tausenden von Witwen und Waisen Nikaraguas schuldig, nicht ein einziges dieser Opfer jemals zu vergessen. Vor allem angesichts der Nachrichten, die uns aus Deinem Land erreichen, seit ich es vor einer Woche verlassen habe: In Managua, das mir bei diesem letzten Besuch friedlicher erschien als je zuvor, dessen Menschen mir so zartfühlend, so sanft begegneten wie noch nie, stehen an allen Zufahrtsstraßen Panzer, lernen Menschen jeden Alters in aller Eile ein Gewehr zu handhaben. Menschen, die entschlossen sind, ihre Revolution, wenn es sein muss, mit Stöcken zu verteidigen, mit Jagdgewehren, mir Steinen.

Werden Reagan und die Herren im Pentagon es wirklich wagen, angesichts des Versagens ihrer gedungenen Söldner ihre eigenen Truppen nach Nikaragua zu entsenden? Träumen sie tatsächlich von einem neuen Grenada?

Ich muss es Dir ehrlich gestehen: Ich bin noch immer versucht, trotz dieser atemberaubend schnellen Eskalation der amerikanischen Aggressionshandlungen gegen Nikaragua den Gedanken von mir zu weisen, sie könnten es tatsächlich wagen, Bomben über Managua abzuwerfen, einen Interventionskrieg zu entfesseln. Es kann, es darf nicht sein, denke ich immer wieder, als hätte ich die wahre Natur imperialistischer Aggressoren noch nicht durchschaut. Dabei weiß ich doch: Nur wenn wir den Gedanken zu Ende denken und uns vor Augen halten, was passieren kann – bei euch in Mittelamerika, bei uns in Europa – werden wir fähig sein, der Gefahr zu begegnen, sie zu bekämpfen und sie schließlich, mit der geeinten Kraft von Millionen, zu bändigen.

Eine endlos lange Nacht

Junge Welt, 1982

Es wird noch recht früh dunkel um diese Jahreszeit; das ist normal für unseren Teil der Erdkugel und dürfte mich nicht beeindrucken. Aber nun, da der Abend angebrochen ist, wächst die Unruhe, die ich seit deiner Abreise verspüre und die mich bisher kaum einen klaren Gedanken fassen ließ. Die Dunkelheit vor dem Fenster bringt mir, mehr noch als ein gelegentlicher Blick auf die Uhr, zu Bewusstsein, dass die Frist, die du mir gesetzt hast, in etwa zwölf Stunden abgelaufen sein wird.

So sehr ich mich dagegen zu wehren versuche, beginne ich mir doch auszumalen, was ich morgen früh zu tun habe, falls das Telefon auch in dieser dritten Nacht nicht klingelt. Ich werde es dann tun müssen – zur Post gehen und dort ein Telegrammformular ausfüllen, den Text schreiben, den wir am Morgen deiner Abreise gemeinsam verfasst haben.

Auf ein Wort mehr oder weniger kam es dabei nicht an, denn zumindest eines musste deutlich aus dem Wortlaut hervorgehen: dass du am Dienstag nach El Salvador abgereist seist, mit dem festen Versprechen, deine Ankunft sofort telefonisch zu bestätigen, dass die Frist von drei Tagen abgelaufen sei und man umgehend mit den Nachforschungen beginnen möge.

Alles weitere spielt mir meine Phantasie vor wie auf einer Kinoleinwand: wie Tausende von Kilometern von uns entfernt, in deinem kleinen Land El Salvador, ein Fernschreiber zu ticken beginnt und ein mir unbekannter Mensch das Blatt Papier mit den wenigen Sätzen aus der Maschine zieht, wie er … Aber da verlässt mich bereits meine Vorstellungskraft. An wen wird er sich wenden, wen wird er fragen, auf welchem Weg wird er Aufklärung fordern über dein Schicksal?

Eher kann ich mir vorstellen, wie alles endet: »Tut uns leid, wir haben ihn nicht in unserer Gewalt. Er sitzt in keinem unserer Gefängnisse, wir können leider keine Auskunft geben …« Mit diesen oder ähnlichen Worten werden sie jede Verantwortung von sich weisen, mit einer oft genug geübten Lüge, mit derselben Heuchelei, mit der sie schon Tausenden von Müttern und Schwestern geantwortet haben, die nach ihren vermissten Angehörigen suchen.

Was aber werden sie dann tun, deine Genossen? Werden sie von jenem Augenblick an bei jedem neuen Leichenfund, irgendwo am Rande einer Straße in der Nähe von San Salvador, auch dein Foto in der Hand halten und versuchen, dich in einem verstümmelten, leblosen Körper wiederzuerkennen?

Nein, compañero, ich mag nicht länger daran denken, was dieser lakonische Telegrammtext auslösen wird, falls es jemals nötig sein sollte, ihn abzuschicken. Lieber will ich versuchen zu tun, was ich dir versprochen habe: etwas aufzuschreiben über unsere Gespräche, über das, was ich von dir gelernt habe während dieser neun Tage des Festivals der roten Lieder.

Aber wie schreibt man über einen Menschen, von dem man kaum Fakten weiß, bei dem man noch nicht einmal sicher sein kann, dass sein Name sein Name ist? Abrufbereit in meinem Gedächtnis sind nur die Emotionen, die deine Schilderungen in mir hervorgerufen haben, und lebendig ist die Erinnerung an meine ständige Scheu, dir Fragen zu stellen. So kenne ich nur dein Alter, weiß, dass du einunddreißig bist und dass ich nicht die einzige bin, die dich älter geschätzt hat.

Dass du verheiratet bist, hast du mir erzählt, und ich habe gesehen, wie tief dich die Geste einer argentinischen Genossin bewegt hat, die dir eine kleine Kette in die Hand drückte: für deine compañera.

Du wirst dieses Geschenk lange mit dir herumtragen, denn niemand kann sagen, wann du deine Frau wiedersehen wirst. Als ihr geheiratet habt – an einer eurer Fronten, zwischen zwei Gefechten mit der Nationalgarde, unter den gekreuzten Waffen eurer Kameraden – wusstet ihr, dass es kaum Augenblicke geben wird, da ihr am selben Frontabschnitt kämpfen dürft. Ihr habt die monatelange Trennung, deren Ende ihr nicht absehen könnt, akzeptiert, weil ihr wißt, dass die seelische Belastung zu groß wird, wenn man den geliebten Menschen in Gefahr sieht. »Wir haben nichts gegen die Liebe«, hast du mir gesagt, »aber wir müssen noch lernen, wie man im Krieg liebt.«

Ich war nahe daran, doch zu fragen, wie du dir die Beziehungen zwischen Mann und Frau vorstellst, was du über die Emanzipation der Frau denkst, doch dann hielt ich die Frage für unangebracht. Und bald darauf gabst du mir von selbst die Antwort, und alles, was ich wissen wollte, entnahm ich dem stolzen Glanz deiner Augen, als du mir erzähltest, dass deine Frau, die du kennenlerntest, als sie sechzehn war, sich in den fünf Jahren bis zu eurer Hochzeit so schnell entwickelt hat – politisch, menschlich, als Kämpferin –, dass du alle Mühe hattest, mit ihr Schritt zu halten. Und da wusste ich, dass eine Frau kaum mehr erhoffen kann als diese stolze Freude ihres Mannes, der an ihrer Selbstverwirklichung wächst.

Nach deinen Erfahrungen mit Verfolgung, Haft und Folter habe ich dich nie gefragt, und wenn das Thema überhaupt einmal anklang, so nur durch einen Zufall. Einige wenige Stückchen Zucker auf einer Untertasse waren der Anlass, der mir einen ganzen Tag verdunkelte. Dabei sprachen wir zunächst nur über die Ameisen eurer tropischen Länder und davon, dass sie ein Stück Zucker in Sekundenschnelle verzehren können. Aber plötzlich wurde aus dem oberflächlichen Geplauder bitterer Ernst und ich musste mit anhören, was deine Feinde einmal mit dir getan hatten.

Du hast das Ganze in zwei, drei Sätzen geschildert, wie nebenbei, aber noch jetzt steht mir das Bild mit erschreckender Deutlichkeit vor Augen: wie sie dich auszogen, deine Beine mit Honig bestrichen und dich, an Händen und Füßen gefesselt, in einen Ameisenhaufen legten. Ich sehe Abertausende dieser roten Insekten vor mir, die sich gefräßig, durcheinander wimmelnd, über deine Beine hermachen, den Honig verzehren und dabei die Ameisensäure in deinen Körper verspritzen, die der menschliche Organismus nur in geringer Dosis vertragen kann, ohne Schaden zu nehmen.

Ich hatte von dieser Art der Folter schon gelesen, aber irgendwie war sie mir stets wie etwas Unwirkliches erschienen, wie eine Begebenheit aus den Märchen meiner Kindheit, und wenn mich der Gedanke an diese Qual schaudern machte, dann wegen der Vorstellung des Kribbelns, das die Nerven zum Zerreißen spannen musste. Von dir aber erfuhr ich nun, dass die Wirklichkeit schrecklicher sein kann als ein Märchen, dass die Ameisensäure in deine Blutgefäße drang und dein Herz fast zum Zerspringen brachte, und dass du tagelang behandelt werden musstest, ehe du wieder du selbst warst …

Auch über Angst haben wir gesprochen, und ich habe dabei etwas Wichtiges von dir erfahren: dass Angst vor allem ein Produkt der Phantasie ist, dass man sie überwinden kann, wenn der Moment gekommen ist, da man erlebt, was man sich bisher nur vorgestellt hat. Dieses kleine und doch so schwer verständliche Geheimnis all derer, die in der Folter standhaft bleiben …

Möglich, dass auch ich schon morgen mit meiner Angst um dich eine Erfahrung mache.

Möglich, dass das bange Warten auf ein Zeichen dafür, dass du in Sicherheit bist, morgen früh abgelöst wird von Wut und Entschlossenheit – genährt durch die Hoffnung, etwas für dich tun zu können, auch, wenn das Schlimmste eintritt, wenn man dich deportiert …

Ich habe beim Abschied keine Worte gefunden, dir für den Vertrauensbeweis zu danken, denn ich hätte die Verantwortung, die du mir mit dem kurzen Telegrammtext in die Hände gelegt hast, nur allzu gern gegen ein unbeschwertes Abschiednehmen eingetauscht.

Ich hätte gewünscht, dass es wirklich so sein möge, wie du es einmal gesagt hast: dass du die Gitarre, die man dir hier in Berlin geschenkt hat, mitnehmen wirst an eine der Fronten in El Salvador. Aber ich weiß, dass dir die Gitarre noch nicht ausreicht als Waffe. Du hast es selbst gesagt, nicht einmal, sondern bei fast jedem deiner Auftritte, vielleicht, weil du ahntest, dass es Menschen gibt, die noch nicht begriffen haben, was für dich und dein Volk eine Selbstverständlichkeit ist: »Niemand sehnt sich so sehr nach Frieden wie das Volk von El Salvador. Aber es gibt Zeiten, da der Frieden von den Mündungen unserer Gewehre abhängt …«

Frieden … das Wort, der Gedanke, beherrschte auch all unsere Gespräche, ja selbst unser Schweigen. Als wir für einen Tag nach Leipzig fuhren – es war einer der ersten Sonnentage in diesem Jahr – hast du, genau wie ich, schweigend die friedliche Landschaft betrachtet. Und doch sollte ich später erfahren, dass deine Gedanken bei deinen Eltern waren und dass du zum ersten Mal geradezu schmerzhaft die Gewissheit hattest, dass sie sterben könnten oder du im Kampf fallen könntest, ohne dass ihr euch noch einmal wiedergesehen habt.

Und ich erfuhr auch, dass du gerade diesen Gedanken gern mitgeteilt hättest, dass du aber meinen Frieden nicht stören wolltest. Wie sollst du ahnen, compañero, dass es für uns wichtig ist, mehr zu erfahren von euch, von denen, die noch kämpfen müssen? Nur so werden wir noch besser begreifen, was der Frieden wert ist und dass er den Einsatz eines jeden von uns benötigt …

So vieles, compañero, ist unausgesprochen geblieben zwischen uns, und doch bin ich sicher, dass wir eins sein werden für immer.

Mehr als Worte verbinden uns die gemeinsam erlebten letzten Minuten des Festivals des politischen Liedes. Unsere ineinander verschlungenen Hände, die den Druck nicht lockerten, ehe die dritte Strophe der Internationale verklungen war – das war mehr als ein Händedruck, das war das Übermitteln von Hoffnungen und Entschlossenheit, das war das Versprechen dauerhafter Solidarität.

Und jetzt, da dein Anruf endlich gekommen ist, jetzt, da die Verantwortung von mir genommen wurde und ich mich entspannen kann, weiß ich plötzlich genau, dass diese Nacht, dieses Bangen nur ein Augenblick von vielen war, die noch vor uns liegen. Unendlich oft werden wir uns um

Freunde sorgen müssen, um Bekannte und Unbekannte, und erst, wenn ihr durch die Kraft eurer Waffen den Frieden auch für euer Volk erkämpft habt, wird mein Frieden vollständiger sein.

Roger

aus »Mañana, mañana«
Verlag Neues Leben, 1980

Für mich ist Roger noch heute so lebendig wie an dem Septembertag im Jahre 1961, als ich ihn zum ersten Mal sah. Damals studierte ich noch Völkerkunde und hatte gerade begonnen, Spanisch-Vorlesungen zu besuchen. Die Nachrichten aus Kuba verschlangen wir interessiert. Jeder in meinem Freundeskreis träumte davon, nach Kuba zu gehen und Zuckerrohr zu ernten … Eine schöne Hilfe wären wir für die Kubaner gewesen! Bei den Kartoffeleinsätzen in den Dörfern um Berlin litten wir spätestens am zweiten Tag an unerträglichem Muskelkater. In den Unterkünften fluchten wir über die mangelnden hygienischen Einrichtungen. Aber wir waren davon überzeugt, dass der revolutionäre Elan, wie ihn uns die Kubaner vorlebten, auch ein Mittel gegen Verweichlichung war.

Dann lasen wir in der Zeitung von den jungen Kubanern, die in einem Berliner Krankenhaus behandelt wurden. Sie waren in der Schweinebucht schwer verwundet worden. Sofort beschloss unsere FDJ-Gruppe, sie zu besuchen und die Patenschaft über sie zu übernehmen. Als wir uns etwas betreten zum ersten Mal Rogers Bett näherten, konnte ich nicht wissen, wie ausschlaggebend diese Begegnung für mein Leben sein sollte.

Roger sprach keine drei Worte Deutsch. Aber irgendwie müssen wir uns verständigt haben, denn unser erster Besuch dauerte mehr als zwei Stunden und ging auch nur zu Ende, weil der Arzt uns kurzerhand hinauswarf. Von nun an fuhr ich viermal in der Woche ins Krankenhaus. Stundenlang saß ich an Rogers Bett, und wir gaben uns gegenseitig Sprachunterricht. Ohne Buch, ohne Grammatik. Wir zeigten nur auf die verschiedenen Gegenstände im Zimmer und sagten, wie sie in unserer jeweiligen Sprache hießen. Und dann gab es Wörter wie Revolution, Alphabetisierung, Aggression, Imperialismus – Wörter, die in beiden Sprachen fast gleich klangen und die man sofort verstand.

Roger wurde aber nicht nur mein Sprachlehrer. Er wurde mein Freund oder, wie ich ihn nannte, mein Bruder. Er war querschnittsgelähmt. Eine Kugel hatte ihn direkt in die Wirbelsäule getroffen. Er würde nie wieder laufen, nie wieder tanzen, nie wieder im Conga-Schritt am Karneval teilnehmen können. Für ihn aber war nur eins wichtig: dass er auch im Rollstuhl der Revolution nützen konnte. Irgendwie. Er wollte lernen, studieren …

Roger hatte zwei Tage vor der Invasion geheiratet. Mitten aus der Hochzeitsreise heraus war er zu seiner Milizeinheit geeilt, die in der

Schweinebucht eingesetzt wurde. Oft zeigte er mir Fotos von der Hochzeit, von seiner Frau, von den Eltern. Die Frau schrieb ihm jede Woche. Tragisch war, dass sie ihren Mann von nun an im Rollstuhl erleben würde, aber ihre Liebe schien, nach den Briefen zu urteilen, in den Monaten der Trennung noch gewachsen.

Er war ein lebenslustiger Mensch, der viel Energie ausstrahlte und auf jeden übertrug, der in seine Nähe kam. Oft vergaß man, dass er im Rollstuhl saß. Was Rogers Verletzung für ihn als Mann bedeutete, vor welchen Problemen er und seine Frau stehen würden, das erfuhr ich erst kurz vor seiner Abreise. Ich hatte damals bereits das Studium abgebrochen und bei Roger so viel Spanisch gelernt, dass ich in der diplomatischen Mission Kubas, der Vorläuferin der späteren Botschaft, arbeiten konnte. Und ich musste das Abschlussgespräch zwischen dem Missionsleiter und Rogers behandelndem Arzt übersetzen. Nur weil Roger wußte, dass ich alles über ihn erfahren hatte, sah ich ihn an den letzten Tagen vor seiner Abreise so, wie ihn sonst niemand erlebte: pessimistisch und niedergeschlagen. Beim Abschied weinte er sogar.

Ich war damals gerade zwanzig und hatte noch nicht entdeckt, wie wichtig auch sexuelle Beziehungen in der Liebe sind. Es fiel mir nicht schwer, Roger ehrlichen Herzens Mut zu machen. Was hatte er denn zu befürchten? Seine Frau liebte ihn. Sie hatte fast ein Jahr Trennung ausgehalten. Sie wartete ungeduldig auf seine Rückkehr. Er brauchte nur ihre Briefe zu lesen, und alle Angst vor der Zukunft würde ihm lächerlich erscheinen. Die Briefe waren voller Optimismus, voller Zärtlichkeit. Die Schwierigkeiten, die vor ihnen lagen, wurden mit keinem Wort erwähnt. Sie schienen für seine Frau keine große Bedeutung zu haben …

Zwei Monate nach Rogers Abreise begann ich, mir Sorgen um ihn zu machen. Der fest versprochene Brief war noch immer nicht gekommen, und meine Post blieb unbeantwortet. Nach einem halben Jahr schrieb ich an die Zeitschrift der kubanischen Armee. Ich bat die Redaktion und ihre Leser um Hilfe bei der Suche nach Roger. Mein Brief wurde veröffentlicht, und ich bekam Berge von Post aus Kuba. Von Soldaten, Studenten, Oberschülern, Bauern … nur von Roger war nie etwas dabei.

1965 fuhr ich zum ersten Mal als Dolmetscherin nach Kuba. Am ersten freien Abend ließ ich mich von unserem Fahrer zu der Adresse bringen, die Roger mir in Berlin gegeben hatte. In der Frau, die mir öffnete, erkannte ich sofort seine Mutter. Ich hatte oft genug ihre Fotos gesehen. Auch sie kannte meinen Namen. Also hatte Roger mich nicht vergessen, manchmal von mir gesprochen. Die Mutter brachte mich in sein Zimmer, in dem überall Erinnerungsstücke aus Berlin herumlagen oder an den Wänden hingen: Fotos von unseren Ausflügen, Wimpel, Berliner Bären in allen Größen …

Ich verbrachte eine lange, qualvolle Stunde mit Rogers Mutter. Sie gab der Revolution die Schuld am Unglück ihres Sohnes. Für die Frau, die ihren Mann im Stich gelassen hatte, weil er »nicht mehr laufen und sie zum Tanz schleppen« konnte, fand sie nur bittere Worte. So sprach eine Mutter, die nicht wusste, was in der Ehe ihres Sohnes gefehlt hatte.

Dann endlich kam Roger, äußerlich unverändert. Vielleicht ein wenig stiller als ein paar Jahre zuvor. Wir fuhren die ganze Nacht durch Havanna. Rogers Auto war so umgebaut, dass er es allein fahren und bequem mit den Händen bedienen konnte.

Immer wenn ich in Havanna an dem kleinen Park in der Quinta Avenida, gegenüber dem Denkmal Emiliano Zapatas, vorbeifahre, ist mir, als hätte ich erst vor kurzem dort mit Roger gesprochen. Ich habe unsere lange Unterhaltung nicht vergessen, nicht ein Wort. Darüber, dass seine Frau ihn verlassen hatte, war er längst hinweggekommen. Er hatte auch mehr Verständnis für sie als seine Mutter.

Er holte jetzt den Stoff der Oberschule nach. Er wollte Diplomatie studieren und dann in die DDR kommen, wo er viele Freunde hatte. Freunde hatte er auch in Kuba, natürlich. Aber sie kannten ihn seit vielen Jahren und benahmen sich ihm gegenüber seit seiner Verwundung so unnatürlich, so gehemmt, waren so voller falscher Rücksichtnahme, dass es ihn quälte, mit ihnen zusammen zu sein.

Viel schlimmer war es mit den Mädchen. Roger war in Kuba bekannt, die Mädchen an seiner Schule schwärmten für ihn. Er schien jedoch den Ruf eines rücksichtslosen Don Juan zu haben.

Dafür sprachen die Geschichten, die man sich von ihm erzählte: Hatte er ein Mädchen erst einmal erobert, brach er die Beziehung spätestens nach der ersten Spazierfahrt ohne Erklärung ab. Es war immer wieder dasselbe: Er lernte ein Mädchen kennen. Sie machten gemeinsam die Hausaufgaben, verbrachten immer häufiger die Freizeit miteinander. Das Mädchen wies alle Verehrer ab und schlug dann vor, man könne auch einmal etwas zu zweit unternehmen, ohne die störenden Freunde. Und Roger hatte nie die Kraft, abzusagen.

»Aber ich habe doch meine Gefühle nicht verloren. Da empfindet man für ein Mädchen mehr als Freundschaft, sehnt sich nach Zärtlichkeit … Dann macht man diese Fahrt zu zweit, parkt irgendwo, wie wir jetzt, den Wagen an einer einsamen Stelle und redet und redet … Wer den anderen zuerst küsst, weiß man nicht mehr. Aber wenn ich spüre, wie das Mädchen reagiert, mit dem ganzen Körper … wie es seine Liebe in den Kuss legt und andeutet, dass es auch mehr geben könnte … Was soll ich dann machen? Ihr sagen, dass ich kein richtiger Mann bin? Lieber lasse ich es nicht zu einem zweiten Treffen kommen. Besser, sie halten mich für einen Schürzenjäger, als dass sich die Wahrheit herumspricht.«

Was sollte ich sagen? Ich schwieg. Auch dann noch, als er mir sagte, er könne immer mit der Hilfe einer guten alten Freundin rechnen, sollte er die Situation eines Tages nicht mehr ertragen können. Dabei streichelte er die Pistole, die er bei sich trug – es gab ab und zu Attentate von Konterrevolutionären. Ich schwieg. Hätte ich ihm etwas sagen können, was eine Hilfe gewesen wäre? Außerdem nahm ich seine Worte nicht ernst. Roger und Selbstmord? Ausgeschlossen! Ich kannte ihn zu gut – oder glaubte es wenigstens –, als dass ich ihm einen solchen Schritt zugetraut hätte.

Unser Abschied war nicht traurig. Ich würde von jetzt an sicher öfter nach Kuba kommen. Wir würden uns schreiben und unsere nächtliche Unterhaltung fortsetzen, in Briefen. Genauso ehrlich und offen wie in der Nacht im Park.

In Berlin bekam ich wieder monatelang keinen Brief von Roger. Aber ich machte mir keine Gedanken. Vielleicht war er einfach schreibfaul! Ich hatte auch begriffen, dass man Freundschaft nicht nach der Anzahl der geschriebenen Briefe beurteilen darf. Ich war sicher, dass ich Roger bald wiedersehen würde.

1968 gab die kubanische Delegation auf der Leipziger Dokumentarfilmwoche einen kleinen Empfang in einem Hotelzimmer. Es wurde viel getrunken und viel diskutiert. Man war sehr lustig und sehr laut. Die kubanischen Filme ließen wieder auf Preise hoffen, und man feierte die Auszeichnung im Voraus. Einer der Kubaner hatte für das Armeefilmstudio einen Film über die Kämpfer der Schweinebucht gedreht. Ich fragte ihn nach Roger.

»Ja, den kenne ich. Übrigens ist er vor zwei Wochen gestorben.«

Der Rest des Abends lag wie im Nebel. Irgendjemand brachte mich in mein Zimmer. Ein Uruguayer kam und schenkte mir eine Schallplatte.

Einfach so. Wollte er mich trösten? Hatte ich ihm gesagt, dass mein Bruder gestorben war? Ich weiß es nicht. Für mich stand fest, dass Roger seine »Freundin« zu Hilfe gerufen hatte, und das war das Schlimmste. Dass ein so leidenschaftlicher Kämpfer zerbrechen konnte. Und dass niemand da gewesen war – auch ich nicht –, der ihm hätte helfen können.

Letztes Jahr in Havanna. Der große Zentralfriedhof. Ich irre herum um die große Grabstätte für Armeeangehörige, in der auch Roger beigesetzt wurde. Es ist ein gewaltiges Mausoleum mit Dutzenden von Nischen. Sie enthalten die Urnen mit der Asche von Menschen, die infolge militärischer Operationen oder als Opfer von Attentaten ums Leben gekommen sind. In einer der Nischen liegt der, der einmal mein Bruder Roger war. Aber er hat sich nicht das Leben genommen; er starb an einer Vergiftung, die auf das schlechte Funktionieren seiner inneren Organe zurückzuführen war.

Emilia, eine alltägliche, besondere Frau

Für Dich, 38/80

Ich will von Emilia erzählen, die Mitte zwanzig ist und doch so viel erlebt hat, dass man nur einen Bruchteil wiedergeben kann auf fünf Schreibmaschinenseiten. Von Emilia, die in Managua lebt und deren winziges Häuschen im Stadtteil Bello Horizonte für zwei Wochen mein Zuhause wurde, obwohl ich für Emilia eine Fremde war, von der sie nur wusste, dass Neugier und viele Fragen sie in ihr Land geführt hatten. Von Emilia, die ihre Geschichte für ganz alltäglich, für allzu unbedeutend und austauschbar hält und dabei vielleicht übersieht, dass sie aus eben diesen Gründen stellvertretend ist für viele Frauen ihres Landes. Ich lernte sie an ihrem Arbeitsplatz kennen, an ihrem Schreibtisch im nikaraguanischen Filminstitut, wo sie für den Landfilm verantwortlich ist. Als sie mir das gerade frei stehende Kinderzimmer in ihrem Häuschen anbot, wusste sie von mir nur den Namen und den Grund meiner Reise nach Nikaragua. Zwei Stunden später kannte ich bereits ihre Familie: Salvador, ihren Mann, und Indiana Regina, ihre sieben Monate alte Tochter, die Jüngste. Von der siebenjährigen Lilian und dem vierjährigen Juan Salvador sah ich zunächst nur Fotos: Sie waren zu Besuch bei den Großeltern, und darum durfte ich ihr Zimmer beziehen.

In den zwei Wochen, in denen ich Emilias Gast war, sah ich sie öfter, viel öfter als ihren Mann. Wenn Emilia und ich morgens gegen acht das Haus verließen, war Salvador schon längst bei der Arbeit im Institut für Wasserwirtschaft. Nur selten hörte ich ihn abends, meist aber kurz vor Mitternacht, nach Hause kommen und leise die Tür zum Schlafzimmer öffnen, in dem Emilia nach einem anstrengenden Arbeitstag schon lange schlief. Zwei bis drei Nächte pro Woche verbrachte er in seinem Betrieb, bei der Nachtwache. Nur einmal in zwei Wochen hatten sie Zeit füreinander, das heißt, sie hatten sich die Zeit erkämpft, um zur Hochzeit einer Freundin zu gehen. Dort saß ich und beobachtete ihre verhaltene Zärtlichkeit, bekam eine Ahnung von dem, was sie verband, und wurde neugierig auf die Geschichte dieser beiden, deren offensichtliches Glück, deren ruhige, aber in jeder Geste spürbare Liebe auf jeden überzugreifen schien, der in ihrer Nähe war.

Woher nahmen sie diese Ausgeglichenheit inmitten der Hektik jener Monate nach dem Sieg der Revolution? Sie sahen sich kaum, hatten keine Zeit für gemeinsame Nachmittage im Familienkreis, für Ausflüge aufs Land, für all die Gelegenheiten, die eine Familie braucht, um enger aneinander zu rücken, einander zu erleben im Wachsen und Sichverändern, einander beizustehen in schwierigen Momenten.

Und dann kam der Abend, an dem überraschend eine Versammlung abgesagt wurde und Emilia Zeit hatte, sich mit mir auf den kleinen Hof hinter ihrer Küche zu setzen und über »das Leben« zu sprechen. Über ihr Leben, von dem sie meint, dass es gar nicht interessant sei.

Sie stammt aus Leon, einer als Hochburg der Konservativen bekannten Universitätsstadt. Somozas Machtstütze waren, neben der Nationalgarde, die Liberalen, und so gehörte man als Konservativer von vornherein zur Opposition gegen Somoza. So auch Emilias Vater. Aber die oppositionelle Haltung der Familie war eher instinktiv denn bewusst, und Emilia wuchs auf, ohne zu begreifen, was anders werden musste in ihrem Land. Erst mit 16, auf der Oberschule, bekam sie Kontakt zu christlichen Organisationen, die allerdings nur karitative Arbeit in den Elendsvierteln leisteten und sich darauf beschränkten, Wunden zu heilen, ohne ihren Ursprung zu erkennen. »Aber zumindest lernte ich das Elend kennen, in dem ein großer Teil unseres Volkes lebte, und irgendwann wurde aus Mitleid Hunger nach Erkenntnis«, sagt Emilia heute.

1972, zu Weihnachten, beteiligt sie sich an einem Hungerstreik. Junge Leute besetzen die Kathedrale von Managua und verzichten drei Tage lang auf jegliche Nahrung. Diese Studenten, die aus allen Städten des Landes gekommen sind, wollen dagegen protestieren, dass die Bourgeoisie am festlich gedeckten Tisch sitzt und die

Reste ihres Festmahls in die Abfalleimer wandern lässt, während in den Elendsvierteln Familien hungern und Kinder an Unterernährung sterben.

Schon am ersten Tag wird Emilia auf einen jungen Mann aufmerksam, der so etwas wie ein Organisator des Streiks ist und der, obwohl er ein silbernes Kreuzchen um den Hals trägt, von Dingen spricht, die für Emilia neu sind: von Klassenkampf, von Revolution, von einer Organisation, die sich »Sandinistische Befreiungsfront« nennt.

Am zweiten Tag des Hungerstreiks, als sich Emilia und der junge Mann schon ein einsames Plätzchen weitab von den Kommilitonen gesucht haben, beginnen plötzlich um sie herum die Wände zu wackeln, Heilige fallen aus den Nischen, machtvolle Stöße scheinen den Boden zum Bersten zu bringen. Nur wenige Sekunden später – für Emilia und Salvador ist es eine Ewigkeit – herrscht wieder Ruhe, aber draußen, vor der Kathedrale, bietet sich ihnen ein Bild des Grauens: Wo noch vor Minuten das Stadtzentrum von Managua lag, wo geschäftiges Treiben herrschte, hat das Erdbeben nichts als ein Trümmerfeld hinterlassen. So lernen sich Emilia und Salvador kennen. Und von nun an sind sie immer zusammen, tun gemeinsam den Schritt von der Nächstenliebe zur Selbsthilfe: Als Liebende kümmern sie sich um die Opfer des Erdbebens, als Verlobte beginnen sie für die FSLN zu arbeiten, als Ehepaar und Eltern von zwei Kindern beteiligen sie sich 1979 an den Vorbereitungen zum Volksaufstand. Jeder weiß, dass der andere in Gefahr ist, dass er für die Front arbeitet, aber jeder versucht, nicht zu erfahren, worin die genaue Tätigkeit des anderen besteht. Wer nichts Genaues weiß, kann nichts verraten.

Emilia verfasst und vervielfältigt Flugblätter der Front, die vielleicht – aber das kann sie nur ahnen – von Salvador in einem anderen Teil der Stadt verteilt werden. Wenn Salvador sich mit illegal lebenden Führern der Front im Hof hinter der Küche versammelt, sitzt Emilia mit den beiden Kindern auf der Terrasse und spielt »legales Leben«. Während ihr bei jedem Auto, das sich dem Haus nähert und plötzlich langsamer wird, der Atem stockt, lacht und scherzt sie mit Lilian und Juan Salvador, als sei die Welt um sie herum in Ordnung, und dabei fragt sie sich die ganze Zeit über, was aus den Kindern wird, wenn sie und Salvador verhaftet werden.

Mai 1979. Es ist schon fast Routine, mit der sie immer abwechselnd den Nachbarn das Bild glücklicher Eltern bieten und im Haus, bei Kerzenschein, ihr wahres Leben führen. Aber nun lauscht Emilia auf die Bewegungen des ungeborenen Kindes in ihrem Leib. Sie weiß, dass der Termin der Entbindung zeitlich fast zusammenfällt mit dem Termin, den die Front für den Volksaufstand bestimmt hat. Im Juni wird es so weit sein, es wird vielleicht der letzte, entscheidende Angriff gegen Somoza. Das Kind soll Mitte Juli kommen. Wie lange wird der Aufstand dauern? Wie wird er enden?

Salvador will nicht, dass Emilia in ihrem Zustand in Managua bleibt. Sie soll nach Honduras gehen, zu Verwandten. Emilia weigert sich und spricht von der Pflicht gegenüber den Kindern. Nicht ihre eigenen meint sie, die wird sie mitnehmen. Aber sie ist unentbehrlich im Kindergarten von Bello Horizonte, wo sie zusammen mit einer Erzieherin die Kinder aus der Nachbarschaft auf den Krieg vorbereitet. Das alles geschieht im Spiel und bereitet den Kindern sogar Spaß. Da wird einem Jungen rote Farbe auf Gesicht, Arme und Beine gegossen. Die Kinder lachen sich halbtot und ahnen nicht, dass man sie auf den Anblick von Blut vorbereitet. Sie lernen, sich rollend und kriechend vorwärts zu bewegen und erkennen erst ein paar Wochen später, als um sie herum die Bomben fallen, dass all dies kein Spiel ist, sondern blutiger Ernst.

Als der Aufstand schließlich beginnt, ist Emilia tatsächlich in Honduras. Salvadors Argument hat sie überzeugt: »Wenn ich weiß, dass du mit den Kindern in Sicherheit bist, kann ich mich ganz auf den Kampf konzentrieren.«

Die Wochen in Honduras sind eine Qual. Alle Nachrichten im Radio sprechen davon, dass der Aufstand »kurz vor der Niederschlagung« steht. Doch dann kommt die Meldung vom Sieg, und Emilia macht sich sofort auf den Weg in die Heimat. Nur noch eine Woche bis zur Entbindung. Ihr Weg führt sie durch Leon, und da ist die Tante, die aus Managua gekommen ist und sie schluchzend umarmt: »Ich habe mit eigenen Augen gesehen, wie sie Salvador gegenüber vom Haus begraben haben.«

»Da drüben ist das Grab. Aber meine Tante hatte sich geirrt. Begraben wurde ein Fremder.

Salvador war am Leben, als ich heimkam. Er hatte die Verteidigung unserer Straße organisiert, er schwebte mehrmals in Lebensgefahr, aber meine Tante hatte sich geirrt.«

Emilia lehnt an der Wand ihres Hauses, in der die Einschusslöcher vom vergangenen Jahr noch nicht verputzt sind. Sie hält Indiana Regina auf dem Arm, die nur zehn Tage jünger ist als die Revolution, und sie spricht über ihre Träume vom vergangenen Sommer.

»Wir nahmen uns vor, unseren Kindern so viel Zeit zu widmen wie nur irgend möglich. Aber du siehst ja selbst ... Noch nicht einmal die halbe Stunde morgens im Bett, zum Herumtoben und Aneinanderkuscheln, können wir ihnen bieten. Da sind die freiwilligen Arbeitseinsätze, die Milizübungen, die Seminare und Versammlungen. Es ist so schrecklich viel zu tun nach einer gewonnenen Schlacht. Man weiß nicht, wo man anfangen soll. Trümmer, Unwissenheit, Armut, Arbeitslosigkeit ... Da bleibt einem keine Zeit für die Familie. Und man lebt immer so ein wenig mit schlechtem Gewissen.«

Sicher, Emilia, es ist noch viel zu tun und deine Kinder müssen auf vieles verzichten. Aber wenn sie etwas größer sind werden sie begreifen, dass Du und Salvador im Grunde für das Wichtigste gearbeitet habt, noch arbeitet: Indiana Regina soll niemals spielend lernen müssen, wie man im Krieg überlebt.

Sierra de Puebla, November 1977

aus »Mañana, mañana«
Verlag Neues Leben, 1980

Vor uns liegt ein breiter, ruhig und träge dahinfließender Fluss. Auf der anderen Seite soll, wie Geronimo uns erklärt, das Dorf liegen, in dem man uns erwartet. Die Furt ist angeblich ganz flach, aber man stellt mir trotzdem frei, vom Pferd zu steigen und mich mit dem Boot übersetzen zu lassen. Aber davon will ich nichts wissen. Soll ich schon wieder als Feigling dastehen? Ich habe mich gerade an mein Pferd gewöhnt, und wann habe ich wohl jemals wieder Gelegenheit, eine Furt zu durchqueren? Pablo lässt sich von Guillermo das Maultier geben und setzt sich an die Spitze unserer kleinen Truppe. Als sein Maultier bis zum Bauch im Wasser steht, folgen ihm auch die beiden Pferde. Meine Beine sind nass bis an die Oberschenkel, als wir das andere Ufer erreichen.

Das Dorf liegt, versteckt zwischen Bananenstauden, direkt am Flussufer. An der nur wenig mehr als einen Kilometer langen »Dorfstraße« stehen acht Hütten, die übrigen sechs sind über das flache Stückchen Land verteilt, das nach einem weiteren Kilometer von einer steilen Felswand begrenzt wird. Die letzten beiden Hütten kleben schon am Hang. Hühner und Hunde laufen umher, und ab und zu hört man auch ein Schwein grunzen. Fast an jedem Baum ist ein Pferd angebunden, keines von ihnen ist größer als das, auf dem ich geritten bin.

Zwischen Fluss und Dorfstraße liegt eine langgestreckte Hütte. Über der Tür prangt eine winzige mexikanische Fahne. Vor dem Haus liegt der Versammlungsplatz, auf dem etwa sechzig Männer herumsitzen oder grüppchenweise zusammenstehen. Alle sind barfuß, tragen weiße Kittel und weiße Hosen. An ihren Hüften hängen Macheten, die Buschmesser. Auf dem Kopf tragen sie einen Strohhut. Auch die Gesichter gleichen sich: dunkelbraune Hautfarbe, mandelförmige Augen zwischen kleinen Falten, leicht gebogene Nasen, selten einmal ein paar Barthaare. Mir fallen Szenen aus Filmen über die mexikanische Revolution ein. Genauso haben die Männer ausgesehen, die mit Emiliano Zapata auf ihren kleinen Pferden zum Angriff ritten, zum Kampf um Tierra y Libertad, um Boden und Freiheit. Als ich früher Filme und Bilder von Zapata und seinen Männern sah, glaubte ich, die weiße Kleidung sei eine Uniform. Aber woher sollten diese landlosen Bauern, die Tagelöhner, Uniformen nehmen? In ihrer Arbeitskleidung kämpften sie, auf den Pferden, mit denen sie auf den Feldern gearbeitet, mit Waffen, die sie in unzähligen Gefechten erbeutet hatten. Und mit ihnen zogen ihre Frauen, die zwischen den Gefechten für sie wuschen und kochten.

Hier aber sehe ich unter den Versammelten keine einzige Frau, und die Männer sehen längst nicht so verwegen aus wie die Soldaten Zapatas oder Pancho Villas. Neugierig blicken sie zu uns herüber; kaum einer spricht. Ein älterer Mann nähert sich schüchtern Andrés, zieht seinen Strohhut und nimmt ihn beiseite. Aber ich kann hören, was er Andrés in seinem eigenartigen Singsang berichtet. Matones, gedungene Mörder im Dienste der Großgrundbesitzer, treiben in der Gegend ihr Unwesen. Anscheinend suchen sie nach Andrés und den anderen Anführern der letzten Landbesetzung. Er soll auf der Hut sein …

Auch Pablo hat gehört, was der Mann gesagt hat. Er kommt zu mir und rät mir, noch einmal mein Tonbandgerät zu überprüfen. Es könnte ja beim Transport gelitten haben. Ich habe das Gefühl, dass er mich ablenken will.

Auf ein Zeichen von Geronimo nehmen alle Männer auf den kleinen, grob zusammen gezimmerten Bänken Platz oder hocken sich einfach auf den Erdboden. Noch immer fällt kein Wort; alles läuft ab wie in einem Stummfilm. Auch die streunenden Hunde vertreibt man nur mit einer Handbewegung. Alle Augen sind auf Andrés gerichtet, den man hier offenbar kennt und verehrt. Andrés stellt uns Besucher vor. Ich sehe eine erste Reaktion auf den Gesichtern der Männer, als er sagt, dass die Güera (die Blonde) aus einem Land kommt, in dem »die Bauern an der Regierung sind«. Auf allen Gesichtern ungläubiges Staunen. Wie bei Kindern, denen man ein Märchen erzählt. Andrés erklärt, dass die Güera später von ihrem Land erzählen wird. Die Güera erschrickt: Was soll sie den Leuten sagen? Womit beginnen? Welche Kenntnisse kann sie voraussetzen? Pablo hat mich beobachtet. Er flüstert mir zu:

»Sprich vor allen davon, dass die Bauern und die Arbeiter bei euch Freunde sind, das ist ganz wichtig. Und sprich von der Bodenreform, von der Landverteilung. Die Sache mit den Genossenschaften kannst du weglassen, das würden diese Leute doch nicht begreifen. Bei ihnen geht es nur um den Boden, um ein kleines Stückchen eigenes Land.«

Vilma, die Vertreterin der Studenten aus Puebla, soll als Erste sprechen. Während sie ihre Papiere vor sich ausbreitet, flüstert Geronimo ihr zu, sie solle vermeiden, irgendwelche Namen zu nennen. Seit der letzten Landbesetzung seien die Großgrundbesitzer zum Angriff übergegangen. Es seien auch ein paar Männer aus dem Nachbardorf hier. Angeblich wollen auch sie, genau wie es die Männer dieses Dorfes vor etwa zwei Monaten getan haben, geschlossen der MKP – der Mexikanischen Kommunistischen Partei – beitreten. Aber natürlich können auch Spitzel unter ihnen sein.

Andrés, der Geronimo aufmerksam zugehört hat, verzieht keine Miene. Seine Stimme klingt völlig ruhig, als er den Bauern sagt, dass die Genossin von der Universität ihnen jetzt einiges über die Partei sagen wird, die sie, die Bauern dieses Dorfes, seit kurzem als ihre Partei betrachten.

Vilma spricht ganz allgemein von der Struktur einer Parteigruppe, vom Kampf der MKP um die Eintragung ins Wahlregister, von Strategie und Taktik. Selbst mir fällt auf, dass die Männer ihr zwar neugierig und höflich zuhören, aber nichts von alledem verstehen. Auch Vilma wird zusehends unsicherer. Sie spürt wohl, dass sie bei den Bauern nicht ankommt. Verzweifelt spricht sie weiter, sucht nach verständlichen Worten, gerät mitten im Satz durcheinander. Dann sagt sie leise zu Andrés:

»Sprich du zu ihnen. Ich kann nicht. Sie verstehen mich einfach nicht.«

Andrés wiederholt alles, was Vilma bereits gesagt hat. Aber er benutzt eine andere Sprache. Nicht die Muttersprache dieser Bauern, die aus der alten Aztekensprache, dem Nahuatl, abgeleitet wurde, sondern Spanisch. Aber sein Spanisch ist anders als das von Vilma. Immer wieder ist die Rede von »Armen und Reichen«, von »Gaunern und fetten Gutsbesitzern«, von »durchtriebenen Advokaten, die das Volk betrügen wollen«, von »Bauernverrätern«. Auf einmal kommt Leben in die Männer. Zwischenrufe werden laut, die Bauern springen auf und gestikulieren wild beim Sprechen. Immer wieder hört man das langgezogene, singende »Siiiii«. Oder auch: »Das ist es, genauso ist es! Richtig, Genosse!«

Dann sprechen die Männer. Es geht wild durcheinander: Sie fordern energisch das Land, das ihnen gesetzlich zusteht. Falls die Anwälte der Partei nichts erreichen, wollen sie das Land gewaltsam besetzen. Endlich muss Schluss sein mit dem Elend. Wozu sind sie denn der Partei beigetreten? Sie haben es vor Jahren mit der PRI versucht und dann mit der PPS, und jetzt wollen sie sehen, ob die Kommunisten ihnen zu ihrem Recht verhelfen oder ob sie nur Phrasen dreschen. Es muss endlich gehandelt werden, wie zu Zapatas Zeiten!

Und Zapata lebt, er ist nicht tot, o nein! Haben nicht Rodrigo und Antonio vor zwei Wochen sein weißes Pferd durch die Sierra irren sehen? Was hat es dort getan? Bestimmt hat es seinen Herren gesucht. Zapata lebt und hält sich versteckt. Er wartet nur darauf, dass sich die Bauern ihm wieder anschließen wie damals …

Es ist fast dunkel, als Geronimo mir das Wort erteilt. Ich erzähle von der Bodenreform, davon, wie die Arbeiter den Bauern geholfen haben, davon, wie die Bauern heute bei uns leben. Unbeeindruckt hören sie zu, wie ich von Fernsehapparaten und von Urlaub spreche. Sie wissen wohl nicht einmal, was das ist. Aber sie sind außer sich vor Begeisterung, als ich betone, dass all dies nur möglich ist, weil die Arbeiter und Bauern an der Macht sind oder, wie ich mich, Andrés nachahmend, ausdrücke, »weil die Bauern und ihre Freunde, die Arbeiter, an der Regierung sind«. Dass es so etwas gibt! Bei ihnen, so unterbricht mich ein junger Mann, gibt es sogar Bauern, die ihre eigenen Brüder verraten. Sie geben auf, ziehen mit ihren Familien in die Stadt, und was tun sie dann? Da finden sie Arbeit, bekommen einen regelmäßigen Lohn – »eine Menge Geld«, sagt der Mann –, und den versaufen sie dann in einer

»cantina«. Sie werden zu Säufern und lassen sich nie wieder in ihrem Dorf sehen …

Es ist tiefe Nacht, als die ersten Männer aufbrechen. Manche haben einen weiten Weg vor sich. Nur Geronimo und sechs andere Bauern bleiben noch. Ich drücke fast sechzig Hände, immer auf mexikanische Art: einmal die ganze Hand und dann, gesondert, den mir entgegengestreckten Daumen. So drücken sich nur Freunde die Hände.

Danach sitzen wir im Schein einer Petroleumlampe an dem wackligen Tisch vor Geronimos Hütte. Seine Frau bringt uns etwas zu essen. Schwarze Bohnen, Tortillas und eine Art Zuckerwasser, das man hier »Kaffee« nennt. Und einen starken Schnaps. Ich bin ein wenig benommen. Der Schnaps brennt mir in der Kehle, das lauwarme Zuckerwasser kann meinen Durst nicht löschen. Hinter uns haben sich die Blüten des »hueledenoche« geöffnet, eines Strauches, dessen Blüten bei Anbruch der Dunkelheit aufblühen und einen starken, schweren, unerträglich süßen Duft verströmen. Aber ich muss ausharren, denn ich habe Geronimo gebeten, mir über das hiesige Leben zu berichten. Misstrauisch betrachtet er das Mikrofon und mein Tonbandgerät. Erst als Andrés ihm erklärt, dass dieser Apparat mein Gedächtnis sei und dass ich mit seiner Hilfe den Bauern in meinem Land alles, was er mir erzählt, haargenau berichten werde, nimmt er das Mikrofon selbst in die Hand, räuspert sich und beginnt zu sprechen. Langsam, deutlich und sehr feierlich:

»Wir armen Bauern kämpfen seit 1910 um unser Stückchen Land. Seitdem sind die Jahre vergangen, und man hat es uns immer wieder vorenthalten. 1951 haben wir einen Antrag gestellt, aber umsonst. Die Anwälte haben uns betrogen. Sie haben immer wieder gesagt, dass noch ein paar Dokumente und Urkunden fehlen. Heute haben wir begriffen, dass die Reichen nur Versprechungen machen, wenn sie gerade für die Wahlen kandidieren. Wir Bauern sind müde geworden. Manche sind gestorben, sind alt geworden vom langen Warten. Viele haben nicht einmal einen Flecken, an dem sie ihre Hütte aufstellen könnten. Jetzt haben wir begriffen, dass man uns nie freiwillig das Land geben wird …«

Aus der Hütte, vor der wir sitzen, hören wir schon seit längerem das schwache Weinen eines Kleinkindes. Geronimo lauscht eine Weile, dann spricht er weiter: »Und da sind unsere Kinder … Sie laufen krank herum, mit geschwollenen Bäuchen. Sie wollen und können nicht lernen, weil sie immer Hunger haben. Wir Armen sehen keinen Ausweg, unser Leben zu ändern. Viele von uns geben ihre Stimme dem offiziellen Kandidaten, sagen sich: ›Jetzt wird der und der an die Regierung kommen und uns wirklich helfen. Mal sehen, ob er uns den Boden gibt oder ob alles bleibt wie vorher bei den anderen Kandidaten.‹

Weißt du, wenn unsere Kinder in der Schule sind, bekommen sie im Unterricht Hunger. Sie wollen essen, und weißt du, was sie vor lauter Hunger tun? Sie knabbern an ihren Radiergummis oder an der Spitze ihres Bleistiftes. Hier wachsen überall Obstbäume: Apfelsinen, Zitronen, Mangos. Aber wenn die Früchte noch nicht reif sind, kann man krank werden, wenn man sie isst. Und genau das tun unsere Kinder. Sie haben ja nicht einmal einen Peso für ein paar Kekse. Also essen sie unreifes Obst. Wenige Tage später wird so ein Kind krank. Es bekommt Bauchweh, es bekommt Durchfall, es wird krank und immer schwächer …, und viele Kinder sind an den unreifen Früchten gestorben.«

»Gibt es denn keinen Arzt hier in der Nähe?«

Das ist eine dumme Frage, die ich da stelle. Habe ich doch auf dem Weg hierher drei Stunden lang nichts als weite Flächen und nur ganz vereinzelt einmal eine ärmliche Hütte gesehen. Aber irgendetwas musste ich sagen, denn noch unerträglicher als das, was Geronimo zu berichten hat, ist sein Schweigen, sein verlorener Blick.

»Die Ärzte wohnen nicht hier; man muss sehr weit laufen, um zu ihnen zu gelangen. Und weißt du, was sie mit uns armen Bauern machen? Wenn wir ein schwer krankes Kind zum Arzt bringen, passiert folgendes …«

Und jetzt schildert mir Geronimo den Dialog zwischen Arzt und Eltern auf eine so beeindruckende Art und Weise, dass ich glauben könnte, Zeuge der Szene zu sein. Geronimo wechselt die Stimme, einmal ist er der verzweifelte Vater, dann wieder der gestrenge Arzt. Mir ist, als beobachtete ich aus einem Versteck heraus, ungesehen, wie der Arzt den Bauern fragt, womit er ihn zu bezahlen gedenke, ob er Geld habe. Wie der Bauer den Kopf senkt und einen Fünfzigpeso-Schein aus der Tasche zieht, sein ganzes Geld, mehr hat er nicht … Der Arzt runzelt die Stirn und schüttelt den Kopf. Nein, das wird nicht reichen, das Kind ist allzu krank. Aber vielleicht hat der Bauer etwas anderes, womit er bezahlen kann? Einen Truthahn vielleicht, ein Schwein, einen Esel, ein Pferd gar? Denn die Heilung des Kindes wird teuer. Der Mann besitzt wirklich nichts? Nun, dann muss er das Kind wieder mitnehmen, dann kann der Arzt ihm nicht helfen. Warum passt der Vater auch nicht auf, warum erlaubt er dem Kind, unreifes Obst zu essen …

Wir schweigen. Dann stellt Andrés eine Frage.

»Geronimo, wieviel Hektar Land besitzen die Reichen hier in eurer Gegend?«

»Der Gutsbesitzer hat tausendachthundert Hektar Land.«

»Und wieviele Bauern in eurem Dorf haben kein Land?« frage ich.

»Im Moment sind wir etwa hundertneunzig arbeitsfähige Männer.«

»Ich will dir erzählen, was sich kürzlich in dieser Gegend ereignet hat«, sagt Andrés, das Mikrofon in der Hand haltend. »Den Vorsitzenden des Bodenkomitees eines Dorfes nahmen die Matones, also die Mörderbanden der Familie Aramburu, gefangen, die hier etwa achttausend Hektar Land besitzt. Sie rissen ihm mit einer Zange die Zähne und die Fußnägel aus, fesselten ihn an Händen und Füßen und schleiften ihn hinter einem galoppierendem Pferd her, bis er starb. Einen anderen, Gabriel Castro aus Montecelli, erschoss man vor den Augen seines

Sohnes. Und jetzt fragen wir uns: Wer ist schuld daran, dass wir gegen das herrschende Regime sind? Wir sind ja nicht mit dieser Einstellung zur Welt gekommen. Aber wir haben vom kapitalistischen System immer nur Schläge bekommen, immer wieder. Unser Kampf hat viele Opfer gefordert und wird wohl noch viele fordern. Aber die Leute haben eine Entscheidung getroffen, zumindest hier, in dieser Gegend. Auch in anderen Teilen des Landes und überall in der Welt ...«

Geronimo nimmt Andrés das Mikrofon aus der Hand und hält es sich ganz dicht an den Mund.

»Wir Bauern waren lange Zeit blind. Wir haben nichts gesehen, nichts begriffen. Wir glaubten an die Gouverneure. Wir haben immer für die offiziellen Kandidaten gestimmt. Wir wussten ja gar nicht, was gespielt wird. Aber jetzt ist die Kommunistische Partei gekommen und hat uns die Binde von den Augen gerissen. Jetzt werden wir uns nehmen, was uns zusteht!«

»Wie denn? Mit neuen Landbesitzungen?«

»Quien sabe ...« Geronimo schweigt.

Geronimos Frau räumt unser Geschirr weg. Ich will gerade ausschalten, da greift Andrés noch einmal zum Mikrofon. Seine Worte sind an mich gerichtet, aber sein Blick ruht starr auf der flackernden Petroleumlampe.

»Weißt du, Güera, wenn wir von allen diesen Dingen sprechen, von den vielen, die sterben mussten, dann erfasst uns eine ungeheure Wut. Wir haben einen großen Zorn in der Brust. Ich glaube nicht, dass jemand, der nicht hier lebt und arbeitet, so etwas nachfühlen kann. Manchmal betrete ich die Hütte eines Genossen und sehe seine Frau auf einer Strohmatte liegen oder nur auf einem Stück Pappe. ›Deine Frau ist krank, Genosse, sie braucht einen Arzt.‹ Er aber antwortet mir: ›Das wenige, was wir haben, sparen wir jetzt für den Sarg.‹ Denke nicht, Güera, dass die Bauern, die so sprechen, ihre Frauen nicht lieben. Aber unter den Bedingungen, unter denen sie leben, sehen sie den Tod nicht als Unglück, sondern eher als eine Erlösung. Sag den Menschen in deiner Heimat, dass wir einen großen Hass angesammelt haben, der irgendwann einmal ausgesprochen werden muss. Sonst zerspringt uns das Herz, und …«

Andrés bricht ab. Tränen laufen über seine Wangen. Er schämt sich.

Eine Weile sitzen wir schweigend, dann drücke ich auf die Taste des Tonbandgerätes. Um uns herum zirpen die Grillen. In der Luft liegt der schwere Duft der Sträucher, die den Platz vor der Hütte säumen. Es könnte ein Idyll sein, wenn nicht die Wahrheit wäre, die ich soeben gehört habe. Andrés erhebt sich.

»Gehen wir schlafen.«

Geronimo erklärt uns, wie und wo man uns für die Nacht unterbringen will. Vilma und Andrés werden bei ihm schlafen. Guillermo und Alberto finden bei einem anderen Bauern Platz, der am Fuße der Felswand wohnt. Für Pablo und mich ist eine Hütte vorgesehen, die unbewohnt ist und etwa dreihundert Meter vom Versammlungsplatz entfernt liegt. Ich bin ein wenig erstaunt über diese Einteilung. Warum lässt man uns Frauen nicht zusammen schlafen? Das wäre doch das einfachste, zumal ein Bett für uns beide ausreichen würde.

Ein Bett! Noch habe ich nicht begriffen, unter welchen Verhältnissen diese Menschen leben. Betten kennt man hier nicht. In einem großen, zur Hälfte mit Maiskolben angefüllten Raum steht links von der Tür ein grob gezimmerter, langer Tisch. Darüber sind Strohmatten gebreitet worden. Auf ihnen werden wir schlafen.

Könnte man die Matten nicht auf den Sandfußboden der Hütte legen? Vielleicht ist es dort etwas weicher als auf dem Tisch …

»Ja, schon, nur – möchtest du von einer Maus, die dir über das Gesicht läuft, aus dem Schlaf gerissen werden, Güera?«

Nein, natürlich nicht.

Geronimo winkt einen alten, gebeugten Mann heran. Er wird in unserer Hütte schlafen, auf dem Boden, neben dem Berg Maiskolben. Ihn stören die Mäuse nicht?

Geronimos Frau bringt eine Kerze und zwei Decken. Dann, nachdem sie uns eine gute Nacht gewünscht haben, gehen die anderen zur Tür. Ich drehe mich um, will das »Bett« machen, die Decken ausbreiten und aus unseren Ponchos Kopfkissen formen. Doch da sehe ich – und gerade das soll ich wohl nicht sehen –, wie Andrés meinen Begleiter zu sich winkt. Er flüstert ihm etwas ins Ohr, Pablo nickt, und nun holt Andrés unter seiner Jacke etwas hervor, etwas Schweres, Hartes, das er in Pablos ausgestreckte Hand gleiten lässt. Keiner von beiden merkt, dass ich den

Gegenstand erkannt habe, der da gerade seinen Besitzer wechselt: eine Pistole!

Mir wird schwindlig. Wozu braucht Pablo eine Pistole? Sind wir hier nicht sicher? Alle Männer des Dorfes waren bei der Versammlung, alle haben sich freundschaftlich von uns verabschiedet. Sie sind doch alle Kommunisten hier im Dorf, auch wenn sie nicht genau wissen, was das ist, ein Kommunist. Welche Gefahr soll uns wohl von ihnen drohen? Da fällt mir ein, was ich zu Beginn der Versammlung mitgehört habe: Gedungene Mörder treiben sich in der Gegend herum, suchen Andrés, machen Jagd auf »Aufrührer«, also auf Kommunisten. Unter den Männern aus dem Nachbardorf könnten Spitzel gewesen sein. Diese haben vielleicht die Matones informiert über uns. Vielleicht brachen sie mitten in der Nacht hier auf mit Pferden, Gewehren, Messern. Darum ist es gut, dass Pablo eine Pistole hat in dieser Nacht. Und dass ein Bauer bei uns schläft und unseren Schlaf behütet. Und es ist auch gut, dass Geronimo jetzt die Tür unserer Hütte von außen verriegelt. Die Güera braucht von alledem nichts zu merken, sie könnte Angst bekommen.

Es stimmt; ich habe Angst in dieser Nacht. Zum ersten Mal in meinem Leben begreife ich, was das sein kann: physische Angst, die einem die Glieder zu Eis erstarren, den Schweiß aus den Poren treten lässt. Angst, die am Schlafen hindert, obwohl man todmüde ist, Angst, die die müden Augen offen hält und das Ohr so empfindlich macht wie nie zuvor.

Ich liege da und lausche auf die Geräusche draußen. Manchmal knacken Zweige, als würden sie mit Füßen getreten. Menschenfüße? Tierpfoten? Dann bellt ein Hund, und alle Hunde des Dorfes stimmen in sein erregtes Gebell ein. Kommen sie jetzt? Warum verstummen die Hunde plötzlich? Was hat da eben gegen die verriegelte Tür der Hütte geschlagen? Habe ich geträumt? Nein, auch Pablo fährt mit einem Ruck hoch, greift blitzschnell unter den Poncho, packt die Pistole und entsichert sie. Hält sie auf die Tür gerichtet. Jetzt ist es ihm egal, ob ich von der Existenz der Pistole weiß oder nicht. Also gibt es eine wirkliche Gefahr …

Dann wieder Totenstille. Pablo und ich halten den Atem an. Nur der Alte hinter uns schnarcht weiter. Ist unser Beschützer etwa taub? Oder kann er auch im Schlaf gefährliche Geräusche von ungefährlichen unterscheiden? Wieder knacken draußen Zweige. Mir ist, als höre ich jemanden atmen, gleich hinter der Bretterwand, neben der ich liege. Dieser Jemand hat starkes Herzklopfen. Wenn er uns an den Kragen will – warum klopft dann sein Herz?

Nicht doch, es ist mein eigenes Herz, das ich schlagen höre. Ich halte es nicht mehr aus. Ich klammere mich an Pablo, drücke meinen Kopf an seine Brust. Er legt mir den Arm um den Kopf, so geschickt, dass sein Oberarm und seine Hand eng an meinen Ohren liegen. Der gute Pablo will die furchterregenden Geräusche von mir fern halten. Aber nein, so geht das auch nicht! Nun kann ich doch nichts mehr hören! Wenn die Tür aufgeht …

Ich muss doch sehen können, ob Mörder kommen oder Polizisten. Hoffentlich sind es Polizisten! Das würde bedeuten, dass ich Schwierigkeiten bekommen, wahrscheinlich des Landes verwiesen werde, aber ich werde leben!

Ich mache meinen Kopf aus der Umklammerung frei und lege mich auf den Bauch. Ich drehe den Kopf seitwärts, um die Tür im Auge zu haben. Aber Pablos magerer Körper nimmt mir die Sicht.

Plötzlich ist nichts mehr zu hören; nur ein Pferd wiehert in der Ferne. Pablo legt die Pistole unter den Poncho zurück, dann beugt er sich zu mir herunter. Er streichelt mein Haar. Ich halte seine Hand fest, drehe mich auf den Rücken, lege Pablos Hand an mein Herz: Er soll fühlen, wie es klopft. In diesen Augenblicken, von denen ich nicht weiß, ob es meine letzten sind, will ich alles mit dem Menschen neben mir teilen. Auch meine Angst und meine Feigheit. Pablo streichelt meine Brust, dann legt er vorsichtig die Pistole auf den Fußboden, drückt seinen Körper an mich und vergräbt das Gesicht in meinem Haar. Ich höre seinen Atem dicht an meinem Ohr und spüre sein Herz, das genauso wild klopft wie mein eigenes. Für einen Augenblick gibt es nichts mehr als dieses aufgeregte Pochen; ich verstehe nicht, was Pablo mir ins Ohr flüstert, und kann nichts denken.

Dann umarmen wir uns, klammern uns aneinander, halten den Atem an und lauschen auf das ruhige Schnarchen des Alten, und lieben uns. Aber kann man es wirklich so nennen? Ist es nicht eher ein verzweifelter Versuch, zu spüren, dass wir leben, zwei warme, zitternde Körper, die sich bewegen können, ungestüm und beinahe aggressiv? Nur diese Bewegungen und unser heftiges Atmen, ein Keuchen fast, hält die Geräusche von uns fern, und die Stille, die schlimmer ist als jeder Laut. Da ist der Körper des anderen. Wir können den Mund an ihn pressen und so die Angst daran hindern, in einem Schrei Gestalt anzunehmen.

Später liegen wir lange Zeit Hand in Hand da, ganz ruhig. Wir sind noch immer hellwach, aber wir lauschen nicht mehr nach draußen. Wir sind damit beschäftigt, mit uns selbst zu sprechen, jeder für sich. Woran Pablo denkt, weiß ich nicht. Ich frage ihn auch nicht.

Ich selbst habe nur ein paar Sekunden, nachdem die Spannung aus meinem Körper gewichen ist, begriffen, dass Geronimo und Andrés und die anderen seit Jahrzehnten daran gewöhnt sind, mit ihrer Angst zu leben, ohne von ihr gelähmt zu werden. Im Gegenteil: Die Angst hat ihnen geholfen, Mut zu finden in all ihrer Hoffnungslosigkeit. So also muss man verfahren: sie erkennen, sie beim Namen nennen. Die Angst erkennen, sich selbst erkennen ... Wie schwer das ist.

Plötzlich sehe ich meine Vorstellungen von einem kampferüllllten Leben in einem Land der »dritten Welt« als das, was sie wirklich waren: romantische, wirklichkeitsfremde Jugendträume. Ich selbst war eine Treibhauspflanze, behütet und geschützt von allem, was mich umgab. Und dabei voller Neid auf die Pflanzen, die Wind und Wetter ausgesetzt waren und die ihren Mut, ihre Kraft, ihre Entschlossenheit immer wieder aufs neue ausprobieren mussten. Eine Treibhauspflanze kann nicht ahnen, was der erste rauhe Windstoß aus ihr machen würde, aber ich hätte schon längst begreifen müssen, wozu ich imstande bin und wozu nicht, und mit dieser Erkenntnis wäre es mir leichter gefallen, meinen Platz zu finden …

Zwei Stunden später steige ich wieder in den Sattel. Wir verabschieden uns von Geronimo und seinen Nachbarn. Der Abschied stimmt traurig und macht mich schweigsam.

Aber bald darauf werde ich viel gefragt, denn auf dem Weg zu unserem Auto treffen wir eine Gruppe von etwa dreißig Landarbeitern. Mit Frauen, Kindern und allem möglichen Hausrat – mit Schüsseln, Bechern, Plastiktellern, zusammengebundenen Strohmatten – sind sie auf der Suche nach Arbeit. Sie kommen aus dem Staat Veracruz und wollen weiter nach Süden.

Andrés organisiert sofort eine Versammlung. Er lässt sich die Gelegenheit nicht nehmen, ein paar Worte an die Männer zu richten, sie nach ihren Erfahrungen zu fragen, ein erstes Saatkörnchen Bewusstsein in ihre Köpfe zu pflanzen.

Wieder muss ich von meinem Land erzählen. Dann fordert Andrés die Männer auf, mir Fragen zu stellen. Zuerst traut sich keiner so recht, bald aber steht ein noch junger Mann auf, zieht seinen Strohhut, legt die Hand an den Griff seiner Machete und stellt mir eine Frage.

»Stimmt es, dass bei euch im Kommunismus die Alten, die nicht mehr arbeiten können, abgespritzt werden? Und dass man euch die Säuglinge gleich nach der Geburt wegnimmt und in Lager steckt?«

Ich bin so perplex, dass ich keine Worte finde. Andrés kommt mir zu Hilfe.

»Das hast du wohl in dem Kofferradio gehört, das du da um den Hals hängen hast? Wie kannst du solche Lügen nur glauben? Du hast vielleicht nie eine Schule besucht, aber musst du deswegen alles glauben, was man dir erzählt? Du hast kein Land, hast nicht einmal eine eigene Hütte, ziehst mal hierhin, mal dorthin wie ein Landstreicher, wirst überall schlecht behandelt … Aber du glaubst eine Lüge, die man über ein Land verbreitet, in dem die Bauern regieren … Nein, das ist alles erlogen!«

Einige der Männer, die um uns herum einen Kreis gebildet haben, nicken zustimmend und sehen den, der gesprochen hat, vorwurfsvoll an. Der Mann zuckt hilflos die Achseln und entfernt sich kleinlaut. Etwas abseits von uns setzt er sich neben seine Frau, die hochschwanger ist und schwer atmend auf dem Bündel mit ihren Habseligkeiten sitzt. Ihr Kind wird irgendwo unterwegs zur Welt kommen. Vielleicht wird es nie das Alter seines großen Bruders erreichen, der jetzt neben der Mutter steht und mit einem Messer an einem Stück Holz herumschnitzt.

Auf dem Weg nach Puebla haben wir einen weiteren Passagier in unserem Lieferwagen. Es ist ein scheues junges Mädchen, das sich in die äußerste Ecke des Wagens drückt und unentwegt starr auf die Berge blickt, die immer weiter hinter uns zurückbleiben. Andrés hat uns gebeten, das Mädchen mitzunehmen. Der Vater sitzt in Puebla im Gefängnis, weil er sich an einer Landbesetzung beteiligt hat. Die Tochter ist die einzige Angehörige, die ihn einmal im Monat besucht. Die Mutter will ihn nicht sehen, weil er die bestehende Ordnung abschaffen wollte und dies, wie ihr der Pfarrer gesagt hat, ein Sünde ist. Das Mädchen hört mit unbeweglichem Gesichtsausdruck zu, als Vilma ihr sagt, dass ihr Vater ein Vorbild für alle Bauern ist, dass er nicht allein ist, dass die Partei ihm einen guten Anwalt stellen wird. Kann sie Vilma glauben? Für sie ist es besser, sie findet sich schon jetzt damit ab, dass sie vielleicht noch jahrelang einmal im Monat ihr Bündel mit warmen Tortillas packen und sich auf den Weg in die Provinzhauptstadt machen muss. Neun Stunden Fahrt, wenn alles gut geht, um den Vater eine Stunde lang sehen zu können.

Ich sollte versuchen, mit dem Mädchen zu sprechen, etwas mehr über den Vater, die Landbesetzung und das Leben im Dorf zu erfahren. Wollte ich nicht eine Reportage schreiben? Aber ich bin allzu sehr mit mir selbst beschäftigt. Zum ersten Mal seit meinem Abflug aus Berlin verspüre ich Sehnsucht nach meinem Land, nach der Geborgenheit, in der ich aufgewachsen bin, nach dem Gefühl der Sicherheit, das ich nicht selten mit dem Gefühl der Langeweile verwechselt habe. Gleichzeitig fällt es mir schwer, diese Berge von Puebla zu verlassen. Selbst wenn ich noch einmal nach Mexiko komme, ist es unwahrscheinlich, dass ich diese Bauern wiedersehen werde.

Wie oft werde ich wohl später in Berlin plötzlich einen Stich verspüren und denken: Was mögen jetzt Geronimo und seine Nachbarn machen, in diesem Augenblick? Ich weiß, Erinnerungen verblassen mit der Zeit, aber ich wünsche mir, dass es mit den Eindrücken und Erlebnissen, die ich in diesem Land habe, nicht so sein möge.

Hochland von Chiapas, Dezember 1977

aus »Mañana, mañana«
Verlag Neues Leben, 1980

Es hat dem guten Laco keine Ruhe gelassen, dass wir so allein durch Chiapas fahren werden. Als wir nach einem Spaziergang durch San Cristóbal wieder ins Hotel kommen, erwartet uns ein junger Mann, der uns einen Zettel mit Lacos Unterschrift entgegenhält. »Vertraut euch Erwin an, er ist ein guter Junge. Lasst euch von ihm alles zeigen, was euch interessiert. Das Auto geht auf meine Rechnung.«

Das Auto? Unser neuer Begleiter klärt uns auf. Laco hat für eine Woche einen Volkswagen gemietet. Erwin, der in dieser Gegend einen politischen Auftrag erledigen muss, wird uns ans Ziel unserer Reise mitnehmen und dann mit uns weiterfahren nach Panlenque, zu Lacos Ranch.

»Sag mal, wieso heißt du Erwin? Bist du Deutscher?« fragt Sabine den um einen Kopf kleineren jungen Mann.

»Nein. Aber der Name ist deutsch, das weiß ich. Mein Vater ist schuld daran, er hat in seiner Jugend im Hafen von Veracruz einen deutschen Weltenbummler kennengelernt. Die beiden wurden unzertrennliche Freunde und Erwin mein Taufpate.«

Kurze Zeit später beginnt unsere große Fahrt. Während wir noch höher in die Berge hinauf fahren, auf einer Straße, die kein schnelleres Tempo zulässt als dreißig Kilometer pro Stunde, fragen wir Erwin aus. Woher kommt er? Ist er Chiapaneco? Kennt er hier die Indios? Spricht er vielleicht sogar Tzeltal oder Tzotzil? Wohin geht die Reise eigentlich? Geduldig beantwortet Erwin unsere Fragen.

Er kommt aus der Hauptstadt, hat dort Soziologie studiert und arbeitet aber jetzt als Funktionär der PST, der Sozialistischen Partei der Werktätigen, einer der vielen kleinen Linksparteien. Er selbst hat, im Gegensatz zu einigen seiner Parteifreunde, durchaus nichts gegen eine Aktionseinheit mit den Kommunisten, und er hofft, dass diese eines Tages auch zustande kommen wird. Nach Chiapas ist er im Auftrag seiner Partei gekommen. In einem kleinen Ort in der Gegend von Tenejapa, dem Siedlungsgebiet der Tzeltales, gibt es eine Parteigruppe der PST, die von einem Indio namens Santiago geleitet wird. Jener hat kürzlich von der Partei Geld bekommen, damit er von Tuxtla aus mit dem Bus in die Hauptstadt fahren und einer ZK-Sitzung beiwohnen konnte. Aber Santiago kam nicht und schickte auch keinen Vertreter, gab nicht einmal ein Lebenszeichen. Jetzt soll Erwin herausfinden, was passiert ist.

Ich habe den Eindruck, dass sich die Linksparteien das Land aufgeteilt haben. In der Sierra von Puebla ist nur die MKP aktiv und macht der PRI die Wählerstimmen streitig, hier aber, in Chiapas, kennen die Indios eigentlich nur Erwins Partei.

Erwin bittet mich eindringlich, vor den Indios auf keinen Fall das Wort »Kommunismus« zu erwähnen. Zwar unterstützen sie die PST, wie er sagt, und das Wort »Sozialismus« hat für sie nichts Drohendes mehr, aber vor den Kommunisten haben sie schreckliche Angst. Es wird noch lange dauern, bis man ihnen diese Angst austreiben kann. Sie wurde immerhin jahrzehntelang von Priestern und Missionaren genährt.

Natürlich werden wir in Santiagos Dorf meine Anwesenheit nutzen und ein Meeting veranstalten, und ich soll viel von meinem Land und vom Sozialismus erzählen, aber, wie gesagt, ich darf nicht sagen, dass ich Kommunistin bin.

Die Indios kennenzulernen bedeutet vor allem, ihre Bräuche und Ansichten zu respektieren. Das lernen wir in Tenejapa, der letzten Kleinstadt auf unserem Weg zu Santiago. Hier müssen wir kurz vor der Kirche halten und in ihrem Innern niederknien und uns bekreuzigen. Wir sträuben uns zuerst, wollen nicht heucheln, aber Erwin überzeugt uns schließlich. Der ganze Ort hat sich, durch den Motorenlärm unseres Wagens angelockt, vor der Kirche versammelt. Mit unbeweglichen Gesichtern beobachten uns die Männer und Frauen, während wir die Kirche besichtigen. Würden wir weiterfahren, ohne niederzuknien und das Zeichen des Kreuzes anzudeuten, würden wir uns verhasst machen, und ein schlechter Ruf eilte uns ins Dorf Majocik voraus, in den »Ort, an dem sich die Vögel niederlassen«.

Dann fahren wir mühsam zwei Stunden lang durch aufgeweichten roten Sand, in dem unser Auto mehrmals steckenzubleiben droht. Wir haben die Aussicht auf ein Tal, in dem sich tief unter uns Wolken gesammelt haben und an einen flauschigen Teppich erinnern. Von hier aus kann man weit ins Land sehen.

Majocik kann man nicht mit dem Auto erreichen. Etwa sechzig Kilometer hinter Tenejapa müssen wir den Wagen abstellen. Von nun an gehen wir zu Fuß quer über die Hügel. Ein Indio, der sein Maultier vor sich her treibt, zeigt uns den Weg. Anhand der Knöchel auf seinem Handrücken macht er uns klar, dass wir vier Berge und Täler zu überwinden haben, wenn wir nach Majocik wollen. Kaum haben wir, schweißüberströmt und hochrot im Gesicht, die erste Steigung genommen, holen uns zwei Indiojungen ein. Sie sind Nachbarn von Santiago; sie werden uns führen. Es ist nicht mehr weit. »Da drüben«, sie zeigen in die Ferne, wo eine kleine Rauchwolke gen Himmel steigt, »wohnt er«.

Aber Majocik, das wir endlich nach dreistündigem Fußmarsch erreichen, ist kein Dorf. »Paraje« nennt man hier eine kleine Ansammlung von höchstens einem Dutzend Hütten, zwischen denen winzige Maisfelder und kleine grüne Inseln mit Bananenstauden und Kaffeesträuchern liegen. Der Abstand zwischen den Hütten wird nicht nach Metern gemessen, sondern nach der menschlichen Stimme: Hier baue ich meine Hütte, und dort, wo du meine Stimme gerade noch hören kannst, wenn ich dich rufe, da stellst du deine Hütte auf.

Unsere Ankunft ist keine Überraschung für die Indios. Seit einer Stunde schon hören wir eine Männerstimme, die, durch einen Lautsprecher verstärkt, geheimnisvoll aus dem Grün der Büsche dringt.

»Hört, ihr Leute, hört! Drei Fremde kommen. Juan und Ignacio sind bei ihnen, also kommen sie wohl in guter Absicht.«

Die beiden Jungen – sie besuchen in San Cristóbal eine Internatsschule für begabte Indiokinder und sind auf dem Weg zu den Eltern – übersetzen uns die Worte und erklären uns, dass dieser versteckte Lautsprecher in dieser Gegend die Zeitung ersetzt. Hat ein Tzeltal eine wichtige Nachricht für seinen Freund, liegt seine Frau in den Wehen und braucht er die weise alte Frau, die die Kinder auf die Welt holt, ist der Vater gestorben, will er einen Nachbarn an eine nicht beglichene Schuld erinnern, so geht er in die Hütte oben auf dem Hügel, legt einen Peso auf den Tisch und darf seine Nachricht durch den Lautsprecher in die Weite rufen. Irgend jemand wird ihn hören und seine Botschaft weiter tragen zu dem, für den sie bestimmt ist. Im Umkreis von vielen Kilometern erfährt jeder, was beim Nachbarn los ist, aber was macht das schon? Ein Tzeltal ist des anderen Freund; man hat hier keine Geheimnisse voreinander.

»Das ist die Hütte von Santiago«, sagt einer der Jungen und verabschiedet sich höflich mit einer tiefen Verbeugung. Hat man ihm das in der Internatsschule beigebracht? Wer sind wir, dass er sich vor uns bis zur Erde verneigt?

Zögernd folgen wir Erwin in die Hütte. Sie besteht nur aus einem dunklen großen Raum. Erst als sich unsere Augen an die Dunkelheit gewöhnt haben, erkennen wir die ärmliche Ausstattung: In der Mitte des Raumes brennt ein Holzfeuer; darüber hängt ein großer rußgeschwärzter Kessel. Ein Mädchen sitzt am Feuer und entkörnt Maiskolben. Im Hintergrund des Raumes hockt ein gekrümmtes Wesen; man kann nicht erkennen, ob es ein Mann oder eine Frau ist. Es bewegt sich nicht, es sitzt da und starrt in die Flammen. Rechts vom Eingang liegt ein Haufen Maiskolben, dazwischen einige verschrumpelte Avocados, diese dunkelgrünen, apfelsinengroßen Gebilde mit dem öligen, ohne Zitrone und Salz nach nichts schmeckenden Fruchtfleisch. An einem Balken unter der Decke aus Palmenblättern hängen Buschmesser, Äxte, ein paar Töpfe. Links von der Tür liegen vier Strohmatten. Teils im Raum, teils außerhalb der Hütte stehen sogar ein paar Möbelstücke: ein niedriger Tisch und vier winzige Stühle, nicht größer als die Puppenstühle, die ich als Kind einmal besaß. Wir wagen kaum, der einladenden Geste des Mädchens zu folgen und uns zu setzen. Werden die Stühle nicht zusammenbrechen? Nein, sie sind stabil, sie bewahren uns wenigstens davor, uns in das Gewimmel von Ameisen setzen zu müssen. Das Mädchen wirft uns nur selten einmal einen verstohlenen Blick zu. Erwins Frage nach Santiago beantwortet sie nur mit wenigen Worten.

»Papa gleich kommen.«

Gleich – ahorita!

Nach einer Stunde kommt ein gebeugter, nicht mehr junger Mann mit nackten Beinen und freiem Oberkörper auf die Hütte zu. Er trägt ein Bündel Brennholz auf dem Kopf. Kein Erkennen in seinem Gesicht, keine Freude in seinen Augen, obwohl Erwin kein Fremder für ihn ist. Die beiden haben sich oft in Tuxtla getroffen, wenn die dortige Führung der PST zusammenkam und diskutierte.

Santiago legt das Bündel Holz vorsichtig neben die Kochstelle, spricht leise ein paar Worte mit dem Mädchen und kommt dann gesenkten Kopfes näher.

Erwin springt auf, will Santiago umarmen und ruft ihm schon von weitem zu: »Wie gut, dass du gesund bist, Santiago! Wir haben uns Sorgen um dich gemacht. Was war los? Warum bist du nicht zur Versammlung gekommen? Hast du das Fahrgeld nicht bekommen? Warst du krank?«

Jetzt kommt Bewegung in Santiagos Gesicht. Er kneift die kleinen schräg gestellten Augen zusammen, streicht sich eine Strähne seiner glatten, tiefschwarzen Haare aus der Stirn, setzt sich auf den Boden neben Erwin, und – große Tränen laufen über sein Gesicht! Er wiegt den Oberkörper hin und her, versucht zu sprechen, wird wieder von den Tränen übermannt, schluchzt jetzt laut und ungeniert, reibt sich die Augen … Sabine und ich wissen nicht, wohin wir den Blick wenden sollen. Einen erwachsenen, beinahe alten Mann weinen zu sehen, das haben wir nicht erwartet. Er hat eine Versammlung versäumt, aber muss er deshalb so weinen?

Es dauert lange, bis sich Santiago etwas beruhigt hat und uns berichten kann. Es ist eine Geschichte, die sich, wie uns Erwin später erklärt, unzählige Male zugetragen hat im Leben dieser Männer. Denn die Indios, die der Natur unter größten Mühen jedes Jahr etwas Mais abringen, die Santiagos, die weitab jeder Zivilisation den Kampf gegen Latiofundistas und Kaffeeaufkäufer führen, diese Männer haben einen schlimmen, heimtückischen Feind, den Alkohol.

Es ist eigentlich nichts Aufregendes passiert: Santiago hat die tausendzweihundert Pesos von der Partei rechtzeitig erhalten. Drei Tage vor Beginn der ZK-Sitzung machte er sich auf den Weg: über die Hügel, die auch wir gerade überwunden haben, zur Landstraße. Von dort aus weiter zu Fuß nach Tenejapa, wo er einen Bus nach San Cristóbal und dann einen anderen nach Tuxtla nehmen würde. Von Tuxtla aus würde er mit einem der modernen Überlandbusse nach zwölfstündiger Fahrt die Hauptstadt erreichen. Zu Fuß würde er, um Geld zu sparen, vom Busbahnhof aus zum Sitz der PST eilen, ein eingeschüchterter Indio, verloren zwischen den durch die Straßen hastenden Stadtmenschen, aufgeschreckt durch hupende Autos, ein Fremder unter Menschen, deren Sprache er nur versteht, wenn sie ganz langsam sprechen. Schließlich aber würde er neben Professoren, Ingenieuren und Studenten an einem Tisch sitzen, und seine Stimme würde ebensoviel Gewicht haben wie die der anderen.

Aber auf dem Weg nach Tenejapa begegnete er einem Taufpaten seines Sohnes, der ihn zu einer

Flasche Bier einlud. Dann musste sich Santiago natürlich revanchieren, und weil sie auf den Geschmack gekommen waren und sich so viel zu erzählen hatten, bestellten sie »aguardiente«, »brennendes Wasser«.

»Ich schwöre dir, Erwin, ich weiß nicht, wieviel ich getrunken habe. Ich weiß gar nichts mehr ..., nur, dass ich am nächsten Morgen am Straßenrand aufwachte und mein Geld verschwunden war, das Geld der Partei war –«

Häufig bricht Santiago ab, wieder kommen ihm die Tränen.

Erwin braucht viel Überzeugungskraft. Ein Mensch, sagt er, ist viel mehr wert als Geld. Santiago solle aufhören zu weinen, er solle aber aus seinem Missgeschick lernen. Er sei ein guter Genosse, auf den man sich stets habe verlassen können. Dass er es noch nicht geschafft habe, dem Alkohol zu widerstehen – nun, man wird Geduld haben. Eines Tages wird er auch diesen Kampf gewinnen.

Jetzt erleben wir einen ganz anderen Santiago. Er interessiert sich zum ersten Mal für Sabine und mich, und als er erfährt, woher wir kommen, beginnt er sofort, das Mittagessen zu organisieren. Limonade muss geholt werden, darauf besteht er. Das Wasser hier dürfen wir nicht trinken, wir könnten Amöben bekommen. So macht sich einer seiner Söhne auf den Weg. Der zweite Sohn soll zusammen mit dem Hund Zapata – Santiago heißt mit spanischem Familiennamen Zapata, und wie sollte der Hund anders heißen – in die Hütte mit dem Lautsprecher laufen, die eine Stunde entfernt liegt, und er wird dort einen Peso aus einem Fetzen Papier auswickeln, ihn auf den Tisch legen und dann seine Nachricht ins Mikrofon sprechen.

»Hört alle zu, Bewohner von Majocik und Umgebung! Die Sozialistische Partei der Werktätigen ruft euch zu einer Versammlung vor der Hütte von Santiago Zapata. Kommt alle, sobald die Sonne untergegangen ist!«

Unterdessen sitzen wir auf Santiagos Puppenstühlen und essen, was die Tochter uns aufgetragen hat: schwarze Bohnen ohne ein Körnchen Salz, Tortillas, Pozole – einen mit Kalk vermischten Maisbrei, der mir am Gaumen kleben bleibt und den ich kaum schlucken kann –, unreife Avocados und ein hartes Ei. Die Eier nimmt Santiago aus einem Korb, den seine Tochter morgen nach Tenejapa auf den Markt tragen soll. Dort wird sie die Eier gegen Salz, Zucker und Petroleum eintauschen, die einzigen Dinge, die sie nicht selbst anbauen und ernten können. Santiago und seine Familie geben monatlich etwa zwanzig Pesos für das aus, was sie bei den »ladinos«, den Mestizen, in Tenejapa oder San Cristobal kaufen müssen. Das dafür nötige Geld verdienen sie mit Eiern, Truthähnen, deren Fleisch sie an wichtigen Feiertagen selber essen, und mit den Kaffeesträuchern.

Ja, auch hier ernten die Indios Kaffee. Seit Menschengedenken verkaufen sie ihn an Zwischenhändler, die sie »Coyoten« nennen. Diese Aufkäufer sind falsch und heimtückisch. Den Indios zahlen sie für siebenundfünfzig Kilogramm Kaffee einen geringen Preis von zweitausend Pesos; sie selbst erzielen für dieselbe Menge beim Weiterverkauf das Doppelte. So ist es gewesen, seit Santiago denken kann, bis die PST ihnen gezeigt hat, dass sie auch ohne die Coyoten auskommen können. Sie sollen den Verkauf der Ernte genossenschaftlich organisieren, ihr Geld zusammenlegen und einen Lastwagen mieten, der die Ernte direkt zur staatlichen Aufkaufstelle in Tuxtla bringt.

Die Indios haben schnell begriffen, dass diese Weißen von der PST ihnen einen guten Rat gegeben haben, aber sie hüten sich davor, alles zu tun, was man ihnen empfiehlt. Sie sollen den Kaffee nicht sofort verkaufen, sondern ihn lagern und warten, bis die Kaffeepreise steigen? Und dann abwarten, was auf dem Weltmarkt in ein paar Monaten für das Kilogramm Kaffee gezahlt wird? O nein, das geht nicht! Verkaufen sie die Ernte heute, bekommen sie Geld in die Hand, viel Geld. In drei Monaten können sie vielleicht mehr bekommen? Vielleicht, aber wenn sie heute Petroleum und Salz kaufen, müssen sie auch sofort dafür zahlen. Sie brauchen ihr Geld also gleich. Nein, Experimente wollen die Tzeltales nicht machen, auch dann nicht, wenn jemand wie Erwin kommt und sie zu überzeugen versucht.

Viel Geld brauchen die Tzeltales. Die zwanzig Pesos im Monat für die wichtigsten Einkäufe fallen nicht ins Gewicht. Teurer wird die Beteiligung an der Wahl des indianischen Gemeindepräsidenten.

Zwei Tage lang versammeln sich alle Männer der umliegenden »parajes« in Tenejapa. Zwei

Tage und zwei Nächte lang müssen die beiden Kandidaten um die Wette beten und Geschichten erzählen. Sowie einer der Anwesenden einschläft, wird er geweckt und muss für die ganze Runde einen Liter Schnaps bezahlen. Nur mit einem Gemeindepräsidenten, der diese Zeit ohne Schlaf und ohne Nahrung auskommt und Unmengen von Alkohol verträgt, kann die Gemeinde sicher sein, dass es im Laufe des Jahres keine Epidemien oder Naturkatastrophen geben wird …

Der Gemeindepräsident ist aber auch die einzige wirkliche Autorität, die von den Indios anerkannt wird. Die Regierung von Chiapas, die Regierung der Estados Unidos Mexicanos gar, das sind nur leere Worte. Natürlich müssen sie sich vielen Bräuchen der »Zivilisation« anpassen, aber wenn sie vom sonntäglichen Kirchgang in Tenejapa zurückkommen, beten sie wieder zu ihren eigenen Heiligen, und diese tragen sehr menschliche Züge, haben die gleichen Schwierigkeiten und Sorgen wie die Erdenbewohner. Sie betrinken sich, nehmen einander die Frauen fort, stellen sich gegenseitig Fallen.

Da ist zum Beispiel San Ildefonso, der Schutzheilige von Tenejapa und Umgebung. Einmal, als die anderen Heiligen das Land untereinander aufteilten, kam er zu spät und ging leer aus. Kurz entschlossen schlich er zu der Stelle, an der alles Regenwasser der Nachbargemeinde San Juan abfließt, und verstopfte das Abflussrohr mit seinem schwarzen Wollponcho. Tagelang lief er dann durch die Dörfer und »parajes« und brüstete sich mit seiner Fähigkeit, verstopfte

Abflussrohre freizulegen. Das Gerücht drang auch an die Ohren der Einwohner von San Juan, die schon ganz verzweifelt waren, da sie zu ertrinken drohten. Sie schickten Bittsteller zu San Ildefonso, und dieser wollte gern helfen. Er zog seinen Poncho aus dem Abflussrohr heraus und erhielt von den Leuten von San Juan zum Dank ein Stück Land.

Überschwemmungen gibt es häufig in den Tälern am Tenejapa. Aber auch eine andere Naturkatastrophe tritt immer wieder auf: das Erdbeben.

Santiago meint zu wissen, wie das allererste Erdbeben zustande gekommen ist. Es gab zu Zeiten der mexikanischen Revolution einen Indio namens Juan López, dem die Feinde monatelang nichts anhaben konnten, weil er die Kugeln einfach mit den Händen auffing und in seinem Hut sammelte. Millionen von Kugeln hatte man schon vergeblich auf ihn abgefeuert, bis er dann eines Tages doch in Gefangenschaft geriet. Bevor man ihn aburteilte, band man ihn mit Händen und Füßen über Nacht an einen Pfeiler, und ringsum begann die Erde zu beben und große Spalten öffneten sich im Erdboden. Man hat nie erfahren, ob Juan López schließlich hingerichtet wurde oder ob man ihn an seinem Pfeiler vergessen hatte. Die Tzeltales glauben, dass er noch immer ab und zu an dem Pfeiler rüttelt und deswegen immer wieder die Erde zu beben beginnt …

Die Sonne ist hinter den Bergen westlich von Majocik untergegangen, und die ersten Männer kommen zur Versammlung. Sie sind barfuß; manche haben sich ein Bündel mit Tortillas mitgebracht. Als etwa zwanzig Männer um uns versammelt sind, erlebe ich Ähnliches wie in den Bergen von Puebla.

Ich erzähle von meiner Heimat, und auch hier liegt ungläubiges Staunen auf den Gesichtern der Männer. Aber wenn sie reagieren, dann nicht direkt auf meine Worte, sondern erst wenn Santiago sie aus dem Spanischen uns Tzeltal übersetzt. Nie habe ich einen geschickteren Dolmetscher erlebt als diesen alten Indio. Für viele Begriffe aus der spanischen Sprache gibt es in Tzeltal keine Worte. Der Name der PST zum Beispiel bleibt immer spanisch, genau wie die Wörter »Bodenreform«, »Maschinen« oder »Technik«. Wenn ich nun erzähle, wie bei uns die Bodenreform durchgeführt wurde, wie man das Land an die landlosen und kleinen Bauern verteilt hat, dann übersetzt Santiago meine Worte zwar genau, fügt aber noch etwas hinzu. Immer wieder höre ich, wie er die PST erwähnt. Was aber hat die PST mit unserer Bodenreform zu tun?

Es ist ganz einfach. Santiago will die Gesellschaftsordnung aufbauen, aus der ich komme. Alles, was der Sozialismus bei uns geschaffen hat, wird auch seine Partei eines Tages verwirklichen, davon ist er fest überzeugt. Warum also soll er seinen Leuten nicht erzählen, die PST habe in der DDR eine Bodenreform durchgeführt? Wem schadet er damit? Wichtig ist, dass die Leute begreifen: Nur der Sozialismus wird ihnen zu einem Stück Land verhelfen!

Beeindruckt von unseren Erfahrungen mit der Bodenreform springt einer der Männer auf und fragt mich um Rat in einer heiklen Angelegenheit. Dort, wo er wohnt – er zeigt nach Süden -, gibt es einen Latifundista, der sein Land verkaufen will. Die Indios der umliegenden »parajes« haben etwas Geld zusammengetragen, sie könnten das Land kaufen. Sollen sie es tun? Was kann ich ihnen raten?

Ich überlege, was ich dem Mann antworten soll. Dass sie zugreifen sollen? Dass sie ihr Geld nicht besser anlegen können als in einem großen, gemeinschaftlich bestellten Stück Land?

Aber da mischt sich plötzlich Erwin ein. Er fragt nach dem Namen des Gutsbesitzers und berät sich dann flüsternd mit Santiago. Dann steht er auf, und ich sehe ihn zum ersten Mal sehr ernst.

Zulema: Ich habe längst vergessen, was Angst ist

Für Dich, 1982

Gut, einverstanden, ich werde von mir sprechen, aber unter einer Bedingung. Sollten Sie meine Geschichte weitererzählen, dann sagen Sie mit aller Deutlichkeit, dass ich mich in nichts von Tausenden anderer Frauen meiner Generation und meines Landes unterscheide. Worin auch? Dass ich sieben Kinder zur Welt gebracht habe? Das ist in Nikaragua sozusagen guter Durchschnitt. Das einzige Besondere ist vielleicht, dass sie alle am Leben geblieben sind, dass keines von ihnen bei der Geburt oder im ersten Lebensjahr gestorben ist. Dass ich sie allein aufgezogen habe, dass die finanzielle und nervliche Belastung allein bei mir lag? Ich könnte Ihnen Dutzende, Hunderte von Frauen zeigen, denen es ähnlich ging. Und dass meine Kinder wurden, was sie sind? Nun, das ist nicht mein Verdienst, dafür ist allein die Zeit verantwortlich, in der sie aufgewachsen sind. Daran ist im Grunde einer schuld, der sich genau das Gegenteil erträumt hatte von den Jugendlichen, die seiner »landesväterlichen Obhut« anvertraut waren. Dieser Mann, dessen

Namen ich nur ungern ausspreche, dieser Anastasio Somoza, hat alles daran gesetzt, unser Volk – und vor allem die Jugend – in ewiger Lethargie zu halten. Alles, was gut war in den Menschen, alles, was menschlich war in ihnen, versuchte er zu betäuben, zu ersticken in Diskotheken mit amerikanischer Musik, Filmen mit amerikanischen Stars, amerikanischen Autos, an denen er nebenbei nicht schlecht verdiente. Und wer sich diesen Betäubungsmitteln entzog, dem blieb nur Verfolgung, Hunger, Elend, Ausbeutung, Tod.

Das einzige, worin ich mich ein wenig von anderen unterscheide, ist wohl, dass ich einen Vater hatte, der einiges von Politik verstand. Er ließ mich nicht blind und unwissend aufwachsen, aber auch er vermittelte mir eine sogenannte ›Lebensweisheit‹, die ich mit vielen Gleichaltrigen teilte: Wer in Ruhe leben, eine Familie gründen, Kinder haben und sich an ihnen erfreuen wollte, der hatte den Mund zu halten, sich zu ducken. Und das war jahrelang mein Konflikt. Mit offenen Augen und Ohren durchs Leben zu gehen und doch zu wissen, dass einem die Hände gebunden waren.

Ja, und auch die Art, wie ich langsam begriff, dass ein Leben mit gebundenen Händen kein Leben ist, war sozusagen eine Gesetzmäßigkeit in unserem Land. Denn eins müssen Sie wissen: Nicht die Eltern führten in Nikaragua die Kinder auf den Weg der Auflehnung, des Kampfes, der Revolution, sondern umgekehrt. Und wenn man 1979 auf den Barrikaden in Managua und anderen Städten Mütter und Väter an der Seite ihrer Kinder kämpfen sah, so gab es dafür einen einzigen und ganz einfachen Grund: die Liebe, die eine Mutter – oder ein Vater – für die eigenen Kinder verspürt, ganz gleich, welchen Weg diese gehen. All diese mutigen Frauen meiner Generation, die trotz der Lebensgefahr, in die sie sich begaben, Uniformen für die Jungen von der FSLN schneiderten, ihnen das Essen kochten, ihre Verwundeten pflegten und versteckten – ich bin sicher, sie taten es zunächst aus Liebe zu ihren Kindern. Später erst kam dazu ein wirkliches politisches Bewusstsein.

Ich werde Ihnen erzählen, wie es angefangen hat. Das war in Leon, vor vielen Jahren. Meine Tochter Monica und ihre Mitschülerinnen hatten sich in einer christlichen Schülerorganisation zusammengeschlossen, die sich neben caritativer Arbeit für die Armen immer mehr für die Befreiung politischer Häftlinge einsetzte. Von diesen Gefangenen wurde im Lande nur wenig gesprochen. Und eben um dies zu erreichen – dass man von ihnen sprach, dass man sie dem Vergessen entriss – organisierten Monica und ihre Freundinnen die Besetzung ihrer Schule. Die Direktorin lud daraufhin alle Eltern zu einer Versammlung ein, auf der es im Grunde darum ging, die Verantwortung für alles, was durch die Schulbesetzung ausgelöst werden konnte – die mögliche Repression seitens der Nationalgarde – von den Schultern der Schulleitung auf die Schultern der Eltern abzuwälzen. Wir sollten unsere Kinder von ihrem Vorhaben abbringen, oder … für alle Folgen ihres Ungehorsams einstehen.

Es ging heiß her an jenem Tag. Wir Mütter brachten all unsere Überzeugungskraft auf, um den Kindern ihr Vorhaben auszureden, und nicht wenige von uns – ich schäme mich, es einzugestehen, aber es ist nun mal die Wahrheit – versuchten, die Liebe unserer Kinder zu einer Fessel zu machen. »Wenn ihr eure Mütter liebt, wenn ihr uns keinen Kummer machen wollt, dann besinnt euch.« Und da trat plötzlich eine Freundin Monicas ans Mikrofon: Emilia, klein und pummelig, die kaum an das Mikro heranreichte. Aber ihre Augen funkelten, dass einem Angst und Bange werden konnte. Dass sie, die Kinder, die Welt ändern wollten, schrie sie uns zu, dieselbe alles erstickende, ihnen die Luft zum Atmen nehmende Welt, die wir, ihre Eltern, ihnen als Erbe hinterlassen hatten!

Ich weiß nicht, was in mir vorging, es ging alles wahnsinnig schnell. Ich erinnere mich nur, dass ich plötzlich neben Emilia stand und ihr das Mikrofon entriss. Und dann hörte ich meine eigene Stimme, fremd und verzerrt, und meine Worte, die mich selbst erschreckten: dass wir, die Mütter, uns dies nicht sagen ließen, denn nicht wir hätten diese Welt geschaffen, auch wir hätten nie eine andere kennengelernt. Und wenn sie, diese Kinder, die kaum trocken hinter den Ohren waren, es wirklich ernst meinten mit ihrem Entschluss, dann nur mit uns zusammen. Wenn sie auf ihre Mütter zählten, wenn es darum ging, ein Kleid zu nähen, einen Strumpf zu stopfen, etwas zu essen auf dem Tisch zu haben, – dann bitte auch in dieser Angelegenheit!

Was soll ich Ihnen sagen – einige von uns Müttern quartierten sich in der Schule ein und wir hielten sie, zusammen mit den Kindern, besetzt. Und von da an war alles weitere eine logische Entwicklung. Wir streikten mit ihnen, also mussten wir von ihnen lernen, warum wir dies taten und was man ändern musste im Lande und in unserem Leben.

Monica wuchs heran und ich unterstützte sie weiterhin in ihrer politischen Arbeit. Ich machte mich auch mit dem Gedanken vertraut, dass am Ende dieses Weges der Tod stehen konnte, und je mehr ich mir dessen bewusst wurde, umso weniger schreckte mich dieser Gedanke. Das kann man nur schwer erklären, wissen Sie, das muss man erlebt haben.

Etwas später zogen wir von Leon nach Managua, aus rein finanziellen Gründen. Und dann kam Weihnachten 1972, und Monica, Emilia und eine Gruppe von jungen Leuten, von denen ich die meisten von klein auf kannte, veranstalteten einen Hungerstreik in der Kathedrale von Managua. Einen Streik gegen die soziale Ungerechtigkeit, einen Streik für die Rechte derer, die noch jetzt, in unserer Epoche, ihre Kinder in Armut zur Welt bringen mussten wie seinerzeit Maria ihren Sohn Jesus Christus. Und dann kam das Erdbeben und die Tausenden von Toten, und die Zerstörung des gesamten Zentrums von Managua. Wir gingen wieder zurück nach Leon und kümmerten uns um die dorthin evakuierten Erdbebenopfer. Die Zeit danach bot sich unseren Kindern geradezu an für ihre politische Arbeit, denn das ganze Volk sah nun mit eigenen Augen, wie sich Somoza an den Spenden bereicherte, die aus aller Welt geschickt wurden und für die Opfer des Erdbebens gedacht waren. Das öffnete den Leuten die Augen.

Da ich mit den Kindern allein war und Geld brauchte, machte ich in Leon eine Pension auf. Ich ahnte nicht, was daraus werden würde. Meine Pensionsgäste waren fast ausnahmslos Studenten, die mir keine andere vermittelte als meine Tochter Monica. Aber was konnten das für Studenten sein? Sie waren viel zu alt, um noch zu studieren, und ich sah sie auch kaum jemals über ihren Büchern sitzen. Geld hatten sie keins. Anstelle von zahlungskräftigen Gästen hatte ich nun ein Haus voller junger Leute, von denen immer mindestens einer gesucht wurde und sich verstecken musste und von denen jeder einzelne eine Gefahr für die Sicherheit meiner Familie darstellte. Aber ich war bereits zu weit gegangen, ich konnte nicht mehr zurück. Und ich gewann sie lieb, allesamt, denn sie waren rücksichtsvoll, zärtlich und ernst, eine Jugend, die man achten und respektieren und einfach lieben musste.

Monica lernte damals ihren späteren Mann kennen und ging mit ihm fort, ohne zu sagen, wohin. Aber ich war ja nicht mehr so naiv wie früher; ich kannte meine Tochter in- und auswendig, und ich wusste auch von den Partisanen, die in verschiedenen Teilen des Landes operierten. Nicht einmal die Tatsache, dass Monica schließlich sogar Partisanenkommandeur wurde, überraschte mich. Und was die politische Arbeit unter den Schülern betraf – da rückte gleich eine andere meiner Töchter an Monicas Stelle, eine Tochter, die damals erst ganze dreizehn Jahre alt war. Für meine Enkel wünsche ich mir, dass sie länger unbeschwerte Kinder sein können als ihre Eltern …

Ja, so sah damals mein Alltag aus: Die eine Tochter ging gefährliche Wege, von der anderen – kein Lebenszeichen. Dann unternahm die FSLN eine spektakuläre Aktion gegen einen der engsten Vertrauten Somozas und im Lande entfesselte sich erneut eine unglaubliche Welle der Repression. Wieder zogen wir nach Managua, wo unsere Familie nicht so bekannt war. Und dann, eines Tages, brachte man mir einen Säugling ins Haus, wie ein Paket: Monicas Sohn, den sie in den Bergen, bei den Partisanen, zur Welt gebracht hatte. Meine eigenen Kinder waren kaum aus dem Gröbsten heraus und schon hatte ich wieder zu tun mit Windeln und Fläschchen … Und dann, am 17. Juli 1977, wurde Monica verhaftet. Bis dahin waren wir in Managua so ziemlich unbekannt und ich hatte einen Laden aufgemacht und damit so an die hundert Dollar im Monat verdient. Nun aber, da eine meiner Töchter im Gefängnis war, kamen weniger Leute in den Laden, denn natürlich waren da viele, die Angst hatten und sich lieber aus allem raushielten.

Für mich war das ein harter Schlag, denn ich musste für Monica sorgen, ihr Essen ins Gefängnis bringen. Und Monica lag mit zehn anderen Frauen in einer Zelle. Ich konnte doch schlecht nur für sie allein kochen. Und Monica, die Ärmste, hatte keine Ahnung davon, wie schlecht es finanziell um mich stand und gab mir ständig lange Listen mit ihren Wünschen: da war eine Genossin eingeliefert worden, die keine Matratze hatte … und so trieb ich eine auf und schleppte sie ins Gefängnis. Meine anderen Töchter verhielten sich großartig, da war keine, die sich beschwerte, wenn alles, was ich an Essbarem auftrieb, ins Gefängnis wanderte. Und keine von ihnen versuchte, mich von meiner politischen Arbeit abzubringen. Ja, denn nun war ich auch in dieser Hinsicht selbstständig und aktiv geworden. Wir gründeten ein »Komitee der Angehörigen politischer Häftlinge« und waren unablässig dabei, Sympathisanten zu gewinnen. Etwas später trat ich der AMPRONOC bei, der Frauenorganisation, und wir Frauen besetzten gemeinsam zwölf Tage lang ein Büro der UNO in Managua, um die Weltöffentlichkeit auf die Verhältnisse in Nikaragua aufmerksam zu machen. Es gab hier zwar eine Menschenrechtskommission, aber sie informierte über die Verletzungen der Menschenrechte immer erst dann, wenn es andere schön längst getan hatten. Da mussten wir eben unsere eigenen Wege finden, der Welt zu sagen, was in Nikaragua vor sich ging. Wir organisierten ständig Aktionen, um auf die Lage der Gefangenen aufmerksam zu machen. Denn nur so, wenn man dafür sorgte, dass die Namen der inhaftierten Genossen in aller Munde waren, konnte man ihr Leben retten. Wir machten einen Hungerstreik, um Tomas Borge zu retten, wir demonstrierten für die Freilassung einer Gefangenen, die kurz vor der Entbindung stand, und wir drohten mit einer neuen Mobilisierung, falls man Monica nicht freiließ. Und wir erreichten schließlich, dass sie das Gefängnis verlassen konnte. So stark waren wir mittlerweile geworden, wir, ein paar Dutzend Frauen in schwarzen Kleidern. Monica verschwand sofort wieder aus Managua und ich begann ein regelrechtes Zigeunerleben, wechselte viermal im letzten Jahr vor dem Sieg die Wohnung.

Ja, dieses letzte Jahr war … unbeschreiblich. Mittlerweile waren meine Töchter Zulemita und Alma Nubia herangewachsen, und es kam der Septemberaufstand 1978, die vielen Toten … und meine beiden Mädchen wurden von Schulkameraden belagert, die mit ihnen ausgehen wollten. Diesmal aber war ich es, die ihnen den Weg wies. Ich sagte, es sei unvorstellbar: auf den Straßen dieses Blutvergießen, und sie wollten in Diskotheken herumhüpfen … Und sie verstanden sofort. Ich zögerte nur wenige Augenblicke, ob es richtig war, meine Töchter auf einen Weg zu bringen, der in den Tod führen konnte. Und doch tat ich es … und habe es nie bereut. Ich fand schon, dass es ein Wahnsinn war, so jung und schon kämpfen … aber ehe sie lebten, wie wir gelebt hatten, war der Tod noch das beste. Und dann kamen sie beide zu mir und sagten: »Wir werden sterben, Mama, aber nicht wie diese Toten, die man wehrlos in ihren Häusern erschossen hat …« und da wusste ich, dass sie sich organisiert hatten.

Im April 1979 wurde Zulemita verhaftet. Ich lief sofort zu einem Rundfunksender und bat, man möge mich interviewen. Es ging darum, alle Welt wissen zu lassen, dass sie, als man sie festnahm, noch am Leben gewesen war. Nur so gab es eine Chance … ich bat die Leute vom Rundfunk, meine Anklage drei, vier Mal zu senden und sagte mir: »Wenigstens wird sie nicht totgeschwiegen, wenn man sie umbringt.« Und dann lief ich zum Gefängnisdirektor und zu einem Anwalt und was weiß ich … Jedenfalls bekam ich sie nach zehn Tagen frei. Aber das Unglück war folgendes: am sechsten April nahmen sie Zulemita fest, und am zwölften geschah die Sache mit Alma. Sie ging so gegen zwei Uhr nachmittags aus dem Haus und versprach, gegen sechs zurück zu sein. Ich war ganz ruhig, denn ich hatte mich stets auf ihr Wort verlassen können. Sie war erst sechzehn, aber sehr vernünftig und zuverlässig.

Es wurde sechs, sieben, acht, neun Uhr und Alma kam nicht, und langsam wurde ich nervös. Gegen elf Uhr nachts kamen zwei Genossen und baten mich, mitzukommen: Alma sei im Krankenhaus.

Was Alma gerettet hat war die Tatsache, dass Gründonnerstag war und der Verkehr ruhte und auch die Nationalgarde in den Kasernen blieb. Da man in der illegalen Klinik der FSLN kein Blut ihrer Blutgruppe hatte, brachte man sie in ein Krankenhaus, wo die Gefahr bestand, dass man sie verriet. Aber es ging um Leben und Tod. Niemand sagte mir, was genau passiert war, und der Arzt wollte mich nicht zu ihr lassen, denn sie lag auf der Intensivstation. Aber Alma hatte wohl meine Stimme erkannt und ich hörte, wie sie aus dem

Zimmer nach mir rief: »Hier bin ich, Mama!« Der Arzt wurde weich und ließ mich zu ihr.

Das erste, was ich sah, waren die beiden Arme, die sie mir entgegen streckte. Ich hielt mich am Bettpfosten fest, dachte nur daran, dass ich stark bleiben musste, dass Alma meinen Trost brauchte … Aber dieses Mädchen, in dem ich noch ein Kind sah – auch dann noch, als sie Kontaktbomben bastelte und zu den Kämpfern gehörte –, meine kleine Alma erkannte, dass ich die Schwächere war, dass ich mehr Zuspruch brauchte als sie. Sie hob die Arme und sah mich an: »Sie her, Mama, wie sie uns zurichten. Sie glauben, dass sie uns auf diese Weise kleinkriegen. Aber ich kann immer noch politisch arbeiten. Meinen Kopf habe ich ja noch.« So machte sie mir Mut, wenige Stunden, nachdem sie beide Hände verloren hatte.

Als die Rundfunksender begannen, über Alma zu sprechen, holten die Jungen von der FSLN sie aus dem Krankenhaus und brachten sie in ein sicheres Versteck, und als endlich Zulemita aus dem Gefängnis kam, bekam ich den Befehl, in einer Botschaft Asyl zu suchen, zusammen mit Alma und mit Monicas Sohn. Ich wehrte mich; für mich war das eine Demütigung, ich dachte immer, das sei eine Sache von Feiglingen. Aber ich musste gehorchen, und so verbrachten wir vierzig Tage in der venezolanischen Botschaft. Stellen Sie sich das vor: Wir waren in Sicherheit, und um uns herum tobte der Krieg. Der Aufstand hatte begonnen, und jetzt gab es nur zwei Möglichkeiten: Sieg oder Tod.

Und ganz kurz vor dem Sieg gewann der Tod noch einmal die Oberhand, zumindest in meiner Familie. In der Botschaft erfuhr ich von Zulemitas Tod. Zusammen mit Dutzenden von jungen Leuten war sie in einen Hinterhalt geraten; man hatte sie ermordet.

Alles andere … unsere Flucht aus der Botschaft, die vier Tage, die wir auf der Landstraße nach Masaya verbrachten, unter dem Beschuss aus beiden Richtungen, von Masaya her und von Managua aus … der Moment, da uns von Diriamba aus ein Flugzeug der Unseren an Bord nahm und wir nach Kostarika flogen … ich erlebte es wie einen Film.

Ob ich den Sieg gefeiert habe? Wissen Sie, in Nikaragua hatte ich mir seit Jahren einen schwarzen Rock und eine rote Bluse beiseitegelegt … Aber als ich in Kostarika von Somozas Flucht erfuhr, hatte ich nicht einmal mehr die Kraft, mich zu freuen. Es war etwas, was kommen musste oder … nie kam. Freude empfand ich erst wieder, als ich mit Managua telefonierte und mit Monica sprechen konnte.

Das alles war praktisch erst gestern, denn was sind drei, vier Jahre in einem Menschenleben? Aber mir ist, als sei dies alles längst Geschichte. Das einzige, was weitergeht, ist der Kampf, wenn auch mit anderen Mitteln. Ich arbeite in der AMNLAE, der Frauenorganisation, im »Komitee der Mütter von Helden und Märtyrern«, ich habe Großmutterpflichten … Und ich bin in der Nationalen Kommission für Menschenrechte. Da kommen ab und zu Vertreter der Bourgeoisie und wir behandeln ihre Beschwerden. Kürzlich kam einer von der MDN, der Partei Robelos, der sich als »Oppositionsführer« versteht. Diesem Mann hatte man bei einer Demonstration das Haus demoliert. Aber wissen Sie, wenn ich solchen Leuten gegenüber sitze, kann ich nicht lange diskutieren. Da kann ich nur sagen: »Ich weiß, dass es schrecklich ist, ein Haus zu verlieren. Aber was Sie nicht wissen ist, was es bedeutet, dies zu verlieren.« Und dann zeige ich ihm Zulemitas Foto.

Es gibt Leute in diesem Land, die all das Blut, das unsere Kinder vergossen haben, aus ihrem Gedächtnis löschen wollen. Sie fürchten um ihre Privilegien und hoffen auf eine Intervention der USA, damit all das rückgängig gemacht wird, wofür unsere Kinder gekämpft haben. Aber diese Leute kennen das Volk nicht. Sie wissen nicht, wozu uns unsere Toten verpflichten. Was ich solchen Leuten sage? Nun, ich sage ihnen, dass eine Intervention möglich ist, dass es sogar sein kann, dass Managua in Schutt und Asche gelegt wird … Die Waffen haben sie, und wozu sie entschlossen sind, das zeigen sie in El Salvador. Aber sie sollen sich hüten! Hier will niemand so leben, wie wir jahrzehntelang gelebt haben. Und wenn sie kommen – sie werden nackte Steine regieren müssen. Denn da ist noch etwas, worin ich mich von keinem Menschen dieses Volkes unterscheide: Ich habe längst vergessen, was Angst ist.

Flor – das Mädchen von der Roten Hilfe

Für Dich, 36/86

Es ist, als sei mir diese Stadt seit langem vertraut. Puerta del Sol, Cuatro Caminos, Gran Via … wie oft bin ich diesen und anderen Namen begegnet, in Büchern, in Erzählungen ehemaliger Interbrigadisten. Casa del Campo, Ciudad Universitaria … nun werde ich sie zu sehen bekommen, die Schauplätze erbitterter Kämpfe, die Orte, in denen erstmalig in Europa die Kräfte des Fortschritts und der Freiheit dem vereinten Potenzial faschistischer Mächte – der Franco-Truppen, Italiens und Hitlerdeutschlands – gegenüberstanden und mit jedem Fußbreit Boden, den zu halten sie fähig waren, nicht nur ihre eigene Freiheit, sondern auch die der anderen Völker Europas verteidigten.

Vor fünfzig Jahren begann in dieser Stadt der heldenhafte Kampf eines Volkes und seiner Freunde aus aller Welt gegen die faschistische Bedrohung, ein Kampf, von dem wir heute wissen, dass er das Vorspiel zum Zweiten Weltkrieg war. Das Vorspiel endete mit einer Niederlage der Volksmassen; der große Krieg endete mit der Zerschlagung des Hitlerfaschismus und der Entstehung einer festen Gemeinschaft sozialistischer Staaten. In dieser Stadt Madrid, die einst mit unvergleichlichem Heldenmut einer zweieinhalb Jahre andauernden Belagerung standzuhalten vermochte, wird dem geschichtsbewussten Besucher klar, dass sich das Rad der Geschichte unaufhaltsam vorwärts dreht.

Madrid ist mir auch deshalb vertraut, weil ich Namen und Adressen Unbekannter bei mir trage, von denen ich weiß, dass sie mir nach der ersten Begegnung wie langjährige Freunde erscheinen werden …

Flor, meine erste Gesprächspartnerin, erwartet mich bereits am Fuß der steilen Treppe, die in ihre Wohnung hinauf führt. Sie dürfte keinen anderen Namen tragen als diesen: Flor … die Blume. Wie eine Blume wirkt sie, frisch und lebendig, und ist doch schon eine Frau um die siebzig.

Ich weiß nichts von ihr, weiß nicht, ob ich gelegen komme oder störe; gestern, am Telefon, hatte ich den Eindruck, dass Flors Stimme gedrückt, allzu zurückhaltend klang.

Die anfängliche Beklommenheit wird überspielt durch das Ritual solcher Besuche. »Eine Tasse Kaffee? Ein Saft vielleicht?« Nein, ich möchte nur, dass sie sich zu mir setzt und mir erlaubt, den Rekorder zwischen uns auf den Tisch zu stellen, damit kein Wort verloren geht.

»Du musst es mir nicht übel nehmen, wenn ich Schwierigkeiten habe, dir etwas Zusammenhängendes zu erzählen. Ich mache schlimme Zeiten durch, seit Monaten. Es ist möglich, dass ich zu weinen beginne … stör dich nicht daran. Der Arzt sagt, ich werde Zeit brauchen, um über den Verlust hinwegzukommen …«

Flors Mann ist vor vier Monaten gestorben. Sie findet sich nicht zurecht im Leben ohne ihn, und dabei macht sie durchaus nicht den Eindruck eines dieser hilflosen Frauchen, die ohne den Rat des Mannes, ohne seine stets lenkende und schützende Hand unfähig sind, etwas anzupacken. Im Gegenteil: Über ein Jahr lang hat sie ihn gepflegt, ihm beigestanden im aussichtslosen Kampf gegen die Krankheit, für die es keine Heilung gab. Er hatte sie eindringlich gebeten, ihn unter keinen Umständen in ein Krankenhaus einzuliefern. Flor hatte seinen Wunsch respektiert, solange sie in der Lage war, ihm Erleichterung zu verschaffen. Doch eines Tages erwies es sich als unumgänglich, ihn der Betreuung von geschultem Personal anzuvertrauen. Manuel, dessen Bewusstsein in den Tagen vor seinem Tod bereits getrübt war, konnte ihr dies nicht verzeihen und sprach kein Wort mehr mit ihr, bis zu seinem letzten Atemzug.

Gepflegt hat Flor ihren Manuel eigentlich ihr gesamtes gemeinsames Leben lang, seit dem Tag, da er aus dem Gefängnis kam und die Frau aufsuchte, die ihm – einem Unbekannten – zwei Jahre lang Briefe und Päckchen geschickt hatte. Er ging zu ihr, weil ihm kein Mensch mehr geblieben war in Spanien. Fünfunddreißig gemeinsame Jahre waren Flor und Manuel vergönnt, schwere Jahre, die nicht, wie bei anderen Paaren, vom Abenteuer des gemeinsamen

Altwerdens geprägt waren. Sie beide fühlten sich alt seit dem Augenblick, da Franco an die Macht gekommen war. Beide hatten bis zum letzten Tag gegen ihn gekämpft, jeder an seinem Platz. Kennengelernt haben sie sich jedoch erst Jahre später, als Flor Haft und Verbannung hinter sich hatte und sich denen anschloss, die in der Solidarität mit anderen, noch immer inhaftierten Genossen eine wirksame Form des Widerstandes gegen die Diktatur sahen. Man gab ihr einen Namen und die Adresse eines Gefängnisses, und sie begann, mit Manuel zu korrespondieren.

Was konnten sie sich sagen in diesen Briefen, die zwischen einem großen, sich über Tausende Quadratkilometer erstreckenden Gefängnis und einem kleineren hin und her gingen, hinter dessen Mauern Hunderte von Menschen eine oftmals lebenslange Strafe absaßen? Sie können einander nur Belangloses mitgeteilt haben, mussten wohl alles verschweigen, was das Wichtigste in ihrem bisherigen Leben gewesen war. Vielleicht aber entwickelte sich eine nur ihnen beiden verständliche Geheimsprache … Sicher ist, dass Flor dem unbekannten Genossen Gedichte geschickt hat, denn gedichtet hat sie ihr Leben lang. Dabei trägt sie nur zufällig den Familiennamen des spanischen Dichters Luis Cernuda, ist nicht mit ihm verwandt. Ihre Familie stammt aus Quintanar, einem Dorf in der Mancha, der durch »Don Quijote« wohl bekanntesten Region Spaniens. Als Flor elf Jahre alt war, zog die Familie in ein anderes Dorf, in der Hoffnung, der Vater könne dort leichter als in Quintanar die Seinen ernähren.

»In dem neuen Dorf gab es in jeder Familie, wenn nicht einen Priester, dann doch zumindest eine Nonne oder zwei ... Und in diesem Dorf hörte ich zum ersten Mal einen Satz, dessen Bedeutung ich nicht begriff: Die Republik ist gekommen ... In Madrid gibt es eine Republik ... Und dann hieß es noch, sie werde auch in unser Dorf kommen. Irgend jemand sagte wohl, die Fahne der Republik habe drei Farben, und da zog ich, die Elfjährige, los und kaufte mir Buntpapier in drei Farben. Daraus bastelte ich eine riesengroße Schleife; sie war fast größer als ich. So herausgeputzt lief ich zum Bahnhof und wartete auf den nächsten Zug aus Madrid, mit dem sie ja kommen musste, die Republik ... So war das, mein erster, sehr idealistischer Kontakt mit unserer Sache ...«

Flors Familie war arm, sehr arm. Bevor »die Republik aus Madrid kam«, ging es allen schlecht im Dorf. Die Landarbeiter fanden nur in der Saison eine Beschäftigung, und wenn ihr Lohn aufgegessen war, mussten sie wieder hungern. Auch die Bauern lebten im Elend, und so fanden Handwerker wie Flors Vater, der Schneider, natürlich auch keine Kundschaft. »Den Armen reichte eine Hose mindestens für sieben Sommer, und die Reichen – die fuhren nach Madrid und ließen sich ihre Kleider von teuren Schneidern machen ...«

Bis zum heutigen Tag leidet Flor unter der Erinnerung an ihre in Armut verbrachte Kindheit. Sie kann an keiner Bäckerei vorübergehen, ohne sich eine Zuckerschnecke zu kaufen, selbst dann, wenn sie absolut keinen Appetit darauf hat. »Auf dem Weg von der Schule zu meinem Elternhaus lag die Bäckerei unseres Dorfes, und wenn ich mit meinen beiden besten Freundinnen an ihr vorbeiging, lief mir jedes Mal das Wasser im Mund zusammen. Manchmal gingen meine Freundinnen hinein und kauften Zuckerschnecken: für sich, nur für sich. Ich durfte nicht einmal abbeißen. Keine Erinnerung meines Lebens quält mich so sehr wie diese … Wie grausam Kinder doch manchmal sein können!«

Aber Flors Familie gehörte noch nicht einmal zu den ärmsten des Dorfes. Da gab es andere, die schlimmer dran waren. »Es gab da eine Familie, die im Winter nichts anderes zu essen hatte als Kürbiskerne! Gegen Abend, wenn es dunkel wurde, legten sich der Vater und die Mutter eine Decke über den Kopf, vermummten ihre Gesichter und gingen betteln. Mit einer Decke über dem Kopf, weil sie die Schande nicht ertragen konnten! Und bei wem konnten, bei wem mussten sie um Almosen betteln? Bei den Reichen, bei denselben Leuten, die ihnen keine Arbeit geben wollten! Die Dorfarmen, sie hatten Hunger nach allem … Das Leben, das sie führten, war eigentlich eine Art Tod. Dass sie dann, als die Republik, die Volksfront ihnen Hoffnung auf ein wenig mehr Glück schenkte, bereit waren, die neue Regierung mit allen Kräften zu verteidigen – dafür haben sie später teuer bezahlt …«

Flor zittert vor Erregung. Jetzt muss ich wissen, wie es ihr ergangen ist in diesem Krieg, der für mich und meine Generation bereits Geschichte ist.

»Als der Krieg ausbrach, meldete ich mich gleich bei einer Blutspendezentrale, aber man wollte mich nicht nehmen. Da schloss ich mich im Dorf denjenigen an, die die ›Rote Hilfe‹ aufbauten. Villacanas war eine Art Knotenpunkt, an dem sie die Verwundeten von der Front sammelten und von wo aus man sie ins Krankenhaus in Alcazar de San Juan brachte. Wir zogen mit weißen Kitteln und Armbinden von der Roten Hilfe los und gaben den Verwundeten etwas zu trinken. Das ganze war damals noch ziemlich schlecht organisiert; der Krieg hatte uns überrascht und forderte von uns Kenntnisse und Fertigkeiten, auf die wir nicht vorbereitet waren ... Wenig später wurde das Ortskomitee der Roten Hilfe gebeten, jemanden auf die Kaderschule in Valencia zu delegieren. Ich weiß nicht warum, aber die Wahl fiel auf mich. Auf der Schule war ich die Zweitbeste, und so schickte man mich sofort nach Madrid. Erst im November 1936 wurde das Nationalkomitee der Roten Hilfe nach Valencia verlegt.«

Flor arbeitete während des ganzen Bürgerkrieges bei der Roten Hilfe. Im Frühjahr 1939, als die letzten Interbrigadisten Spanien verlassen mussten, arbeitete sie weiter im Nationalkomitee der Roten Hilfe. »Eines Tages schickte man mich mit einem Auftrag nach Guadalajara. Kaum war ich dort angekommen, da übernahm in Madrid Franco die Macht. Das Ende der Republik war gekommen. Das Ende des Bürgerkrieges überraschte mich also in Guadalajara, wo meine Genossen und ich uns versteckten, so gut wir konnten. Wir fanden einen winzigen Raum unter dem Dach des Sitzes der Roten Hilfe, und dort konnten wir uns vor der Wut und den Rachegelüsten der Franco-Leute verbergen.«

Von ihrem Versteck aus mussten Flor und ihre Genossen mitansehen, wie auf dem Dach des gegenüber liegenden Sitzes der Kommunistischen Partei ein paar Männer, ausgerüstet mit den verschiedensten Werkzeugen, versuchten, das riesige Emblem mit Hammer und Sichel zu entfernen. »Jeder Schlag gegen unser Symbol traf mich mitten ins Herz. Und der Zorn, mit dem die Männer gegen Hammer und Sichel vorgingen, ließ mich ahnen, was mich und meinesgleichen nun erwartete.«

Flor gelang es dann doch, im Schutz der Dunkelheit aus der Stadt zu fliehen und mit einem Lastwagen nach Madrid zurückzukehren. Ihr Pflichtgefühl siegte über ihre Ängste und sie eilte zum Sitz der Roten Hilfe, wo sie auf einige wenige Mutige stieß, die dasselbe gedacht hatten wie sie: Die Kartei und die wichtigsten Dokumente der Roten Hilfe mussten in Sicherheit gebracht beziehungsweise vernichtet werden, um wenigstens ein paar Menschenleben zu retten. Für die Rote Hilfe gearbeitet zu haben, sagt Flor, war für die Faschisten beinahe das Schlimmste, was ein Mensch an Schuld auf sich laden konnte.

Erst als alle Spuren der jahrelangen aufopferungsvollen Tätigkeit der Roten Hilfe vernichtet waren, begann Flor, an ihre eigene Sicherheit zu denken. »Ich tat genau das, was ich nicht hätte tun dürfen. Ich schlug mich durch in mein Dorf, zu meinen Eltern, wo ich mich in meiner Naivität in Sicherheit glaubte. Am 28. März morgens kam ich nach Villacanas und lief den Faschisten direkt in die Falle. Aber wenigstens konnte ich noch ein letztes Mal meine Eltern sehen.«

Flors Mutter bereitete gerade das Abendessen zu, als zwei Bauern, bewaffnet mit Jagdflinten, ins Haus kamen und nach Flor Cernuda fragten.

»Sie taten, als hätten sie mich nie zuvor gesehen, und das in einem Dorf, wo jeder jeden kannte. Sie befahlen mir, mit ihnen zu gehen, in die kleine Kaserne der Ortspolizei. Sie erlaubten mir nicht einmal, mich von meiner Mutter zu verabschieden ... Sie starb kurze Zeit darauf, und die Ärzte sagten meinem Vater, die Todesursache sei ein Kummer gewesen, jenseits aller Grenzen dessen, was ein menschliches Herz auszuhalten vermag ... Mein jüngerer Bruder war nicht mehr aufzufinden; als einer der ersten hatte er sich 1936 bei den Milizen gemeldet, und irgendwann im Laufe des darauffolgenden Jahres blieb jedes Lebenszeichen von ihm aus. Dieser Verlust allein hätte genügt, meiner Mutter das Herz zu brechen, und nun musste sie miterleben, wie fremde Männer ihre Tochter an den Haaren quer durch das Dorf zerrten.«

Flors Weg durch die Gefängnisse Franco-Spaniens dauerte sieben Jahre, und jedes dieser Jahre, so sagt sie heute, wog so viel wie ein ganzes Menschenleben.

»Am schlimmsten war es in meinem Heimatdorf. Das erste, was sie mit mir machten war, dass sie mir die Haare abschnitten. Eine Gewohnheit aus den Zeiten der Inquisition.«

Schlimmer noch als das eigene Leid war für Flor die Tatsache, mitansehen zu müssen, wie andere Menschen gequält wurden. Nicht selten traf es auch Außenstehende. Die Bäuerin Antonia Rubio, eine stämmige, kräftige Frau, wurde anstelle ihres Mannes verhaftet und derartig verprügelt, dass sie weder gehen noch stehen konnte. Als man wenige Tage später auch ihren Mann festnahm, führte man ihn ohne jedes Verhör direkt zum Dorffriedhof. Man zwang ihn, ein tiefes Grab auszuheben und begann dann, seinen Körper mit Hilfe einer Säge zu verstümmeln, so lange, bis er verblutete. Kinder, die alles von einem Versteck aus mitangesehen hatten, erzählten es im Dorf herum; die Faschisten sorgten dafür, dass auch Antonia vom Ende ihres Mannes erfuhr. Innerhalb weniger Stunden ergraute die junge, kerngesunde Frau und verfiel dem Wahnsinn.

»Es gibt junge Leute«, sagt Flor, »die meinen, wir Alten erzählten nichts als Märchen. Sie glauben uns nicht, und die sagen, man solle doch endlich die Vergangenheit ruhen lassen. Ich würde das gern tun, allzu gern. Aber kann ein Mensch den Moment vergessen, da er einem Erschießungskommando gegenüber steht? Kann man vergessen, wie es ist, wenn sie einen um vier Uhr morgens aus der Zelle holen, zusammen mit Dutzenden von Mitgefangenen, wenn sie einem eine Decke über den Kopf werfen und man ein Bajonett an den Rippen spürt und hört, wie sie sagen: jetzt geht es auf den Hof, jetzt werdet ihr erschossen … ?

Es war der 7. November 1940, den die Faschisten für diese grausame Farce gewählt hatten;

an diesem Feiertag aller Kommunisten wurden Hunderte von Häftlingen im Gefängnis Ocana gezwungen, bei Eiseskälte auf dem Hof zu stehen und sich auf die tödlichen Schüsse vorzubereiten.

»Dann, als es hell wurde, hörten wir ganz in unserer Nähe die Maschinengewehr-Salven, und als wieder Stille herrschte, trieb man uns zurück in unsere Zellen. Man hatte uns drei Stunden lang in der Ungewissheit stehen lassen, ob dies unsere letzten Augenblicke sein würden. Und dies nur, damit wir dann schließlich die ersten Erschießungen mit anhörten. Nicht, dass man die Unseren nicht auch schon früher erschossen oder auf andere Art hingerichtet hätte – aber der 7. November 1940 war der Tag der ersten sogenannten ›legalen‹ Erschießungen in Spanien. Das ist kein Märchen.«

Flor geht zum Vertiko und kommt, beladen mit drei großen Fotoalben, zurück. Ich sehe das junge Mädchen, das Flor einmal war, und den Bruder, aufgenommen an dem Tag, da er sich beim 5. Regiment der Milizen meldete. Da war er sechzehn, und so lebt er weiter in der Erinnerung seiner Schwester, die nicht weiß, wann er gefallen und wo er begraben ist. Ich sehe die jungen Schülerinnen und Schüler der Kaderschule in Valencia und höre die Namen derer, die umgekommen sind. Ich frage Flor, ob wir einige dieser Fotos reproduzieren lassen können, es wären wertvolle Illustrationen. Und dann muss ich erleben, wie Flor eine Schere holt und – schwer atmend, denn die Pappe der Alben ist dick und widerstandsfähig – alles herausschneidet, was ihr geblieben ist von ihrem Leben vor der Zeit Francos. Ich greife nach der Hand mit der Schere, will Flor daran hindern, sich die Jugend aus dem Herzen zu reißen, aber sie bleibt die Stärkere: Niemand, so sagt sie, während ihr die Tränen über das Gesicht laufen, niemand wird diese Fotos ehren, wenn sie nicht mehr ist, und sie will, sie muss die Gewissheit haben, dass sie von jemandem aufbewahrt werden, dass sie in Ehren gehalten werden, dass sie noch irgendeinen Zweck erfüllen.

Das Album ist zerstümmelt: Riesige Wunden klaffen auf seinen ersten Seiten, Löcher, gerissen von einer Schere, die nur widerstrebend einer alten, kraftlosen Hand gehorchen wollte. Ich wage kaum, die Fotos, die vor mir auf dem Tisch liegen, in meiner Tasche zu verstauen. Aber Flor bleibt bei ihrem Entschluss: Ich soll sie mitnehmen und sie benutzen, und ihr wird leichter sein bei dem Gedanken, dass Menschen in einem fernen Land eines Tages diese Fotos betrachten und sagen werden: Das also waren sie, die jungen Verteidiger der spanischen Republik.

Jetzt, da Flor die Kraft aufgebracht hat, sich von den Zeugen ihrer Jugend zu trennen, lebt sie merklich auf. Sie will mich zum Essen einladen, in ein Lokal, das von einem Genossen geführt wird, und morgen – morgen wird sie sich zusammenreißen und die Lethargie der letzten Monate besiegen. Sie wird mir all die Orte und Plätze, die Gebäude und Straßen Madrids zeigen, die in ihrem Leben eine Rolle gespielt haben. Sie hat viele dieser Orte nicht mehr gesehen seit dem Ende des Krieges, aber sie vertraut ihrem Gedächtnis: Sie ist sicher, dass sie mir eine zuverlässige Stadtführerin sein wird.

Am nächsten Tag besuchen wir als erstes das ehemalige Kloster in Cuatro Caminos, in dessen Hof, nur Stunden nach der Revolte Francos am 18. Juli 1936, Arbeiter, Angestellte und Studenten aus ganz Madrid zusammenströmten und die bewaffnete Einheit aufstellten, die unter dem Namen »Fünftes Regiment« in die Geschichte eingehen sollte.

Heute findet im Hof hinter der Kirche ein Fußballspiel statt; es wimmelt von Jugendlichen und Kindern. Aber auch viele alte Männer beobachten vom Säulengang aus das Spiel. Den Säulengang kenne ich von historischen Fotos: Hier befand sich die erste improvisierte Feldküche des 5. Regiments. Gern würde ich auf einen der Männer zu gehen und ihn fragen, ob er diesen Hof und seine Geschichte kennt, ob vielleicht auch er einmal hier angetreten ist, ohne Uniform, ohne ausreichende Bewaffnung, ausgerüstet einzig und allein mit der Entschlossenheit, die Republik zu verteidigen.

Auf dem Rückweg in die Innenstadt passieren wir das ehemalige Hospital Obrero, das bis zum 18. Juli 1936 von Nonnen geleitete Krankenhaus, in das die ersten Verwundeten der Madrider Front gebracht wurden.

Wir besichtigen das Haus, in dem Pablo Neruda gelebt und seine aufrüttelnden Gedichte über Spanien geschrieben hat. Hier gibt es eine Gedenktafel, die an den großen chilenischen

Dichter erinnert, der dieses Haus »la casa de las flores« genannt hat: das Haus der Blumen. Noch heute gleicht die Fassade des Gebäudes einem wahren Blumenmeer; die Balkons sind überladen mit Pflanzen und Blumen, aber im Erdgeschoss, da, wo vor Jahrzehnten Dichter wie Rafael Alberti und seine Frau Maria Teresa Leon oder auch Federico Garcia Lorca ein und aus gingen, befindet sich jetzt der streng bewachte Eingang zu einer Bank.

Länger als eine halbe Stunde suchen wir in der Straße Principe Vergara das Haus, in dem die jungen Mitarbeiterinnen der Roten Hilfe untergebracht waren. Flor hat Mühe, alle Einzelheiten wiederzuerkennen; allzu vieles hat sich verändert in Madrid. Aber das Gelände der Universitätsstadt, das wochenlang heftig umkämpft war und wo erbittert um jedes Gebäude, um jedes Stockwerk gerungen wurde, ist ihr noch gut vertraut.

Wir fahren zur letzten Station unserer Rundfahrt durch die Stadt ... nein, unserer Exkursion in die Geschichte: Calle Abascal, seinerzeit der Sitz des Provinzkomitees der Roten Hilfe. Heute ist das Gebäude – der Gebäudekomplex – dasselbe wie vor 1936: ein Kloster mit angeschlossenem Krankenhaus und Altersheim. Mit festen Schritten, sehr entschlossen, geht Flor auf eine Gruppe Nonnen zu, die den Weg entlang kommen. Ich möchte meine Kamera verstecken; ich weiß nicht, ob man hier fotografieren darf ... Und dann entdecke ich Flors schauspielerisches Talent: Wortreich erklärt sie den Nonnen, dass eine ihrer Großtanten in diesem Kloster lebte, als sie selbst noch ein Kind war. Nun, so sagt sie, sei sie hier mit einer Ausländerin, die im Besitz einer Kamera sei, und sie wünsche sich doch so sehr ein Foto von diesem Haus, etwas, das sie an ihre geliebte Großtante erinnere ... »Sie ist schon so lange tot, und nichts ist mir von ihr geblieben. Mir kommen die Tränen, wenn ich an sie denke ...«

Es stimmt, Flor weint wieder, lautlos diesmal. Die Nonne ist gerührt. Sie kann nicht wissen, worum Flor in Wirklichkeit trauert: um ihre Jugend, um die Zeit, da Illusionen und Hoffnungen sie beflügelten. Sie weint um viele Genossen und Freundinnen, mit denen sie drei Jahre lang in diesem Gebäude gelebt und gearbeitet hat. Und um die Toten ...

Lange stehen wir vor dem Kellerfenster des rechten Seitenflügels, an der Stelle, an der im November 1938 ein Geschoss in den Kellerraum eindrang und einige der Teilnehmer eines nationalen Kongresses der Roten Hilfe tötete. Sie waren aus ganz Spanien gekommen, um der Welt zu beweisen, dass Madrid nicht verloren, dass es noch immer möglich war, Delegierte in die umkämpfte, pausenlos bombardierte Hauptstadt zu bringen. Es war ein großer Kongress, eine gewaltige Manifestation der Geschlossenheit zwischen Front und Hinterland.

Am letzten Tag des Kongresses griffen die Faschisten an, zu Lande und aus der Luft. Ihr Angriff forderte 1500 Tote und mehr als 5000 Verwundete in Madrid. Flor blieb wie durch ein Wunder am Leben. »Meine Eltern waren vom Dorf gekommen, um mich zu besuchen. Wir hatten Madrid besichtigt, die Zerstörungen, die Wunden, die der Stadt zugefügt worden waren. Der Kongress war gerade zu Ende gegangen. Wir wollten in dieses Gebäude, um hier zu Abend zu essen, aber gerade, als wir dort drüben aus der Metro kamen, begann der Beschuss. Wir mussten uns zu Boden werfen und liegen bleiben, bis alles vorüber war. Als der Weg frei war, rannte ich sofort hierher.«

Flor kann es nicht lassen, beim Gehen eine der Nonnen zu fragen, was wohl in den Jahren der Republik mit diesem Kloster geschehen sei. Die Nonne zuckt die Achseln. »Genau weiß ich es nicht. Hier war wohl das Rote Kreuz untergebracht oder etwas ähnliches …«

Flor bedankt sich für die Auskunft, und mir ist, als könne ich hören, was sie denkt: Nein, nicht das Rote Kreuz. Es war die Rote Hilfe, die größte internationale Hilfsorganisation der Arbeiter, die es je in der Geschichte gegeben hat. In Spanien allein hatte sie über eine Million Mitglieder … und ich war eines von ihnen.

Manchmal kommen Briefe …
Sibylle, 1977

›… *In diesem Moment gehen mir tausend Gedanken durch den Kopf, tausend mir lieb gewordene Erinnerungen an eine Vergangenheit, die fast so etwas wie eingeschlafen war und die Du plötzlich mit Deinem Brief wieder zum Leben erweckt hast …*‹ Wie sich das anhört, Vergangenheit! Für mich war Vergangenheit bisher, was man in Geschichtsbüchern lesen kann, oder etwas, was ich getan oder nicht getan hatte oder was ich als Kind erlebt haben soll, was ich aber nur aus Erzählungen anderer weiß. Aber wie kann etwas Vergangenheit sein, was ich so deutlich vor Augen habe, als sei es erst gestern geschehen oder vorgestern …

Ich sehe noch genau das Hotelzimmer vor mir – eigentlich war es mehr ein Appartement. Damals war es ganz altmodisch eingerichtet. Inzwischen wurde das Hotel renoviert, und heute sehen die Zimmer wahrscheinlich aus wie in jedem Interhotel: Bett, Tisch, Sessel, Schrank und auf dem Nachttisch ein Radio, das gleichzeitig als Wecker dient … Aber jenes Zimmer war groß, geräumig, fast ein kleiner Saal. Immerhin waren zur Geburtstagsfeier des weltbekannten Dokumentaristen zwanzig bis fünfundzwanzig Gäste erschienen, und keiner trat beim Tanzen dem anderen auf den Fuß. Ja, es wurde getanzt, die Gäste amüsierten sich, waren erstaunlich munter nach dem anstrengenden Tag dieses Festivals. Der Jubilar saß in einem bequemen Sessel, etwas abseits vom Trubel: eine würdige Erscheinung mit seinem weißen Haar, dem gütigen, klugen Gesicht, den wachen, alles beobachtenden Augen, die mich faszinierten. Diese Augen hatten den Spanischen Bürgerkrieg mit angesehen, die hungernden Menschen in Indien, waren Zeugen des großen Bergarbeiterstreiks gewesen ... all der Dinge, die ich nur aus Geschichtsbüchern oder aus Zeitungsmeldungen kannte. Diese Augen hatten gesehen, beobachtet und registriert, waren dann hinter einer Kamera verschwunden und ersetzten damit für Minuten unsere Augen, die Augen der Zuschauer, ermöglichten es uns, die nicht in Spanien und in Indien gewesen waren, durch sie zu sehen und zu urteilen. Und sie ließen unser Herz im gleichen Rhythmus schlagen, wie sein Herz damals geschlagen hatte, in Spanien oder in Indien ...

Doch jetzt, bei dieser Feier, beobachteten dieselben Augen halb teilnahmslos, halb herablassend, vielleicht auch ein wenig stolz die Paare, die eng umschlungen tanzten, und auch die Einsamen, die noch keinen Tanzpartner gefunden hatten und die vielleicht darum von dem Sekt und dem Wodka und dem echten kubanischen

Rum nicht genug bekamen. Carola, die auch noch nicht tanzte, hatte mich schon ein paar Mal angestoßen und mir zugezischelt: »Warum bist du eigentlich mitgekommen? Sitzt rum wie bei einer Beerdigung! Du kannst einem richtig die Stimmung verderben.« Und sie hatte ja recht, es war eine Geburtstagsfete, keine Beerdigung. Vorhin, am Ausgang des ›Capitol‹, hatte sie mir zugeflüstert: »Du, um elf ist die Party im Zimmer 210. Ich weiß, wie man es anstellen muss, um hinein zu kommen. Du kommst doch mit?« Und ich hatte ja gesagt oder auch nur genickt.

Seitdem waren erst zwei Stunden vergangen, aber offenbar hatten alle hier im Raum die Erinnerung an die zusammengeschlagenen Studenten aus Montevideo, an den jungen Vietnamesen, dem der Amerikaner den Gewehrkolben wieder und wieder in den Leib stieß, oder an das vietnamesische Baby, das sanft in einer Bambuswiege geschlafen hatte, bevor – zwei Einstellungen weiter – statt des Bodens der Wiege nur ein einziges Brandloch klaffte, bereits verdrängt. Warum musste ich gerade jetzt daran denken, und erst jetzt, mit zwei Stunden Verspätung, und mitten in der Party? Vielleicht war das eine Berufskrankheit? Zumindest war es die Erklärung, die ich Dir eine Stunde später in der fast menschenleeren Hallen-Bar gab, in die ich geflüchtet war, nachdem Carola endlich ihren Tänzer gefunden hatte, und als der Franzose mit dem langen wirren Haar und der randlosen Brille gerade daran ging, allen ›Spielverderbern‹ und ›trüben Tassen‹ den Rum gleich glasweise über den Kopf zu gießen, einfach so, ins Haar. Da bekam ich plötzlich Lust auf einen Kaffee, und dort in der Bar sah ich dich wieder. Denn ich hatte dich schon vorher gesehen. Auch du hattest allein in einer Ecke der 210 gesessen. Und jetzt wolltest du ein Bier trinken – ein eiskaltes. Bloß, der Barkeeper verstand kein Spanisch, und da eine Dolmetscherin immer im Dienst ist ... So kamen wir ins Gespräch. »Sagen Sie..Ihre Stimme und Ihr Akzent ... haben Sie nicht heute die Filme simultan übersetzt?« – Hab ich. Die Filme heute ... »Dann beantworten Sie mir eine Frage. Aber ehrlich. Fühlen Sie nichts, wenn Sie so etwas übersetzen? Ihre Stimme klang so gelassen, so unbeteiligt ... Oder sehen Sie gar nicht auf die Leinwand, wenn Sie sprechen?« Und da habe ich dir alles erklärt. Wie das ist, wenn man weiß, dass die Übersetzung kommen muss, augenblicklich, ohne Zögern, so gleichzeitig, wie es nur möglich ist. Nicht erst Sekunden nach dem Bild, sondern im gleichen Moment, wenn man die ausgebrannte Wiege sieht ohne das schlummernde Kind. Und da sitzt man in der Kabine, hockt gleichsam neben sich selbst und kontrolliert sich und feuert sich an: sprich deutlich, beeil‹ dich, jetzt musst du es sagen: *nur ein einziges Flugzeug hatte, auf dem Rückflug zum Stützpunkt, zufällig den Himmel über Nang Hai überquert, hatte hier seine letzte Bombe abgeworfen,* später kannst du fühlen, weinen, schreien. Oder du kannst versuchen, zu vergessen, kannst deine Freundin begleiten, weil sie zu schüchtern ist und es nie wagen würde, allein auf diese Party zu gehen, an der ihr so viel liegt.

Flucht? Verdrängung? Der krampfhafte Versuch, einfach lustig und ausgelassen zu sein, wenn es alle sind …

So begann die Vergangenheit, von der du schreibst. Das Gespräch in der leeren Hallen-Bar, bis zum Morgengrauen, und danach all die Stunden, die wenigen Tage bis zum Ende des Festivals, da nur das Mikrofon in meiner Kabine und der Kopfhörer an deinem Ohr uns miteinander verbanden, und die Abende, an denen du mir von Spanien erzähltest. Nicht von dem Spanien, von dem ich bisher gehört hatte: dem Spanien der Inter-Brigadisten, dem Spanien der Lieder von Ernst Busch, sondern vom Spanien deiner Gegenwart: Treffen von Arbeiterkommissionen, illegale Zusammenkünfte in Kirchen, heimlich gesungene Lieder, Streikaktionen und Blitzdemonstrationen, die du unter Einsatz deiner Freiheit – oder sogar deines Lebens? – aus dem fahrenden Auto heraus mit der Kamera festgehalten hattest. Was hat uns miteinander verbunden? Ich glaube, es waren unsere Bilder. Die Bilder aus deinem Spanien, die du in jedem Moment vor Augen hattest, und die Bilder aus anderen Ländern, in denen Krieg, Hunger und Elend herrschen, die ich erst sah, erst bewusst in mich aufnahm, wenn im Saal schon wieder die Lichter aufflammten und ich in meiner Kabine die Leselampe löschte und das Mikrofon abstellte.

So begann unsere Vergangenheit, und ganz unmerklich, mit jedem Brief – anfangs waren es drei bis vier jede Woche, die die Zensur in deinem Land überlisteten – ging sie über in unsere

Gegenwart. Nach zwei oder drei Jahren wurden die Briefe seltener – immer mehr Arbeit bei mir und bei dir. Und dann kam dein Besuch in Berlin, völlig überraschend, November 73. Da stand auf meinem Schreibtisch das Tonbandgerät, und da lagen neben den Kopfhörern die Stapel von Zeugnissen aus Chile, auf schmale braune Bänder gebannt: Zwitschern der Vögel auf der Plaza de la Constitución am Morgen des 11. September, Schritte von ersten Passanten, gemächlich noch, hallend, plötzlich eine schneidende Stimme, die dazu auffordert, umgehend das Zentrum zu verlassen und nach Hause zu gehen »zu Ihrer eigenen Sicherheit«; gleich darauf Schüsse, vereinzelt noch, dazwischen das Rasseln der Panzerketten und dann das Bersten der Bomben in der Moneda … Und der eingespannte leere Bogen in meiner Schreibmaschine, auf dem alle diese Töne zu Buchstaben werden mussten, und schnell natürlich, das Material wurde gebraucht, und da war keine Zeit, etwas zu fühlen, keine Zeit, zu schreien. Und das alles, diese aus den Fugen geratene, verrückte, missratene Welt, eine Welt der Kriege und des Faschismus, die uns zusammengeführt und getrennt hatte, mahnte uns, in aller Kürze, sachlich, einander unser Privatleben mitzuteilen: »Anna ist eine wunderbare Kameradin. Sie ist für mich die richtige Frau. Sie hatte mit der Politik nichts im Sinn, bevor wir uns kennenlernten, aber sie akzeptiert meine Arbeit. Und was wichtig ist – ich kann mit ihr auch über dich und das Festival sprechen. Sie weiß, dass ich deinetwegen den Umweg über Berlin gemacht habe, dass ich dich sprechen musste. Sie lässt dich grüßen.« – »Was aus Sergio geworden ist? Ich weiß nicht. Seine Arbeitsstelle lag gegenüber der Moneda. Man sagt, aus den Fenstern des Gebäudes sei geschossen worden. Ich kann ihm von hier aus nicht schreiben. Du verstehst? Die Briefmarken, der Poststempel … Könntest du meinen Brief in Madrid aufgeben? Schreib deinen Absender darauf. Vielleicht kommt er her. Wir nehmen viele Emigranten auf.«

Wir sagten uns alles, was wir erlebt hatten in letzter Zeit. Wir waren ehrlich, und jeder freute sich aufrichtig für den anderen. Es war ja auch vernünftiger so … Uns trennten nicht nur die zweitausend Kilometer, sondern wir lebten auch in zwei Welten, und jeder hatte seine Aufgabe in seiner Welt. Zum neuen Jahr und zu den Geburtstagen gab es weiterhin Briefe, manchmal auch nur eine Karte: ›Es geht mir gut‹. – ›Ich habe viel Arbeit‹. – Ich schreibe dir ausführlich, wenn mein Film fertig ist.‹

Und dann, acht Jahre nach jenem Abend in der Hallen-Bar, stirbt ein Diktator. Das ist noch kein Sieg, aber man will doch mitfeiern bei der Beerdigung. Ein Telegramm genügt: ›Teile aufrichtig deine Gefühle an diesem Tag.‹

Und einen Monat später klingelt das Telefon. Mitten in der Nacht. In Spanien fängt man erst nachts an zu leben. Und man spricht miteinander, man kann sprechen, man ist verbunden, fast wie durch Kopfhörer und Mikrofon. Nur funktioniert es diesmal nach beiden Richtungen. »Anna? Sie wünschte sich Kinder, etwas mehr Sicherheit.

Aber ich habe mehr Arbeit als je. Einen Film über die Gefängnisse möchte ich drehen …« – »Sergio? Ist im Exil, in Mittelamerika. Die Frau ist mit ihm gegangen. Nach dem 11. September haben sie wieder zueinander gefunden. Von Scheidung ist nicht mehr die Rede …« Pause. Oder sind wir getrennt worden? Hallo! Hallo! »Übrigens habe ich dir geschrieben, vor einer Woche. Nächsten Monat könnte ich nach Berlin kommen, vom 1. bis zum 5. – bist du da?« »Ich wollte dich gerade fragen, ob du nicht …? Wir müssten mal wieder miteinander reden, so wie früher, weißt du noch? Nächtelang … Aber am 2. muss ich abends nach Warschau; ein Kongress …« Wiederum Pause. Dann: »Trotzdem, ich komme. Ich schreibe dir noch.«

›*… Ich weiß nicht, warum ich gerade jetzt, vor unserem Wiedersehen, an die Verse von Antonio Machado denken muss: Wanderer, es gibt keinen Weg/ Man bahnt sich den Weg im Gehen … Ich glaube, dass auch Du und ich keinen vorgezeichneten Weg haben, nichts, das starr und unabänderlich ist, und dass der größte Anreiz, den das Leben uns bietet, darin besteht, unterwegs den Weg zu bahnen. Aber meine große Frage ist noch immer: Wohin führt uns dieser Weg?*‹

Im nächsten Monat werden wir eine Antwort finden, bestimmt. Vielleicht muss man bei einem Weg nicht nur das Ziel suchen, sondern muss ihn als Ganzes sehen: Vergangenheit, Gegenwart und Zukunft.

Viel hat sich nicht geändert. Ein Diktator ist gestorben. Das Fernamt verbindet sofort. Deine

Stimme ist nah. Die Angst vor der Zensur ist geringer geworden. Anna wird Kinder haben, von einem anderen. Sergio hat zu seiner Frau zurück gefunden. Deine Arbeit erlaubt dir fünf Tage Aufenthalt in Berlin. Meine Arbeit entführt mich am zweiten Tag von dir weg. Aber wir werden auf unserem Weg bleiben. Bleiben? Wir werden unseren Weg bahnen, irgendwie, im Gehen. Vielleicht ist auch das ein Weg, der sich lohnt: einander manchmal für wenige Stunden zu sehen, nachts durch einen Anruf geweckt zu werden, oder jeden Morgen, noch vor der ersten Zigarette, die Treppe hinunter zu laufen zum Briefkasten; denn manchmal kommen Briefe …

Paula: Die Kampagne
1980

Das schlagen Sie sich lieber gleich aus dem Kopf, sagte der Arzt, – es war der junge Rothaarige, dessen Englisch so unbeholfen war wie ihr eigenes, mit dem sie sich aber wenigstens ohne fremde Hilfe verständigen konnte – in zwei Monaten sind wir auf keinen Fall so weit. Die Fistel hat uns um Wochen zurückgeworfen, und wer weiß, vielleicht müssen wir noch einmal nachamputieren. Warum denn plötzlich diese Eile? Klappt es nicht mehr bei Ihren Kindern, so allein, ohne die Mutter?

Paula wusste nicht, wie sie ihm die Sache mit der Märzkampagne erklären sollte, und da sie nichts sagte, tätschelte er mit beinahe väterlicher Geste ihre Hand und ging aus dem Zimmer. Machen Sie doch bitte die Tür zu, Doktor, konnte sie ihm noch nachrufen, dann war sie allein. Sie drehte sich auf die andere Seite, so dass sie die Tür im Rücken und das Fenster vor Augen hatte, diesen kleinen Ausschnitt aus einer anderen Welt, von der sie bisher kaum etwas gesehen hatte. Sie starrte auf die herabwirbelnden Flocken, die wie

Watte aussahen, und von denen ihr der kleine Javier begeistert erzählt hatte, sie lösten sich im Kontakt mit seiner Hand – der linken, der einzigen, die ihm geblieben war – sofort zu einem Nichts auf, höchstens zu einem nassen Flecken … Was Javier zu berichten wusste, hatte sie wortwörtlich ihren Kindern geschrieben, hatte aber verschwiegen, dass sie ihnen keine eigene, sondern sozusagen eine geliehene Erfahrung vermittelte, weil sie noch immer nicht das Bett verlassen durfte.

Seltsam, alle hier auf der Station hatten nur eine Erklärung für Paulas plötzliche Eile, nach Hause entlassen zu werden: ihre Kinder kamen nicht zurecht, meinten sie, und das sei ja verständlich nach der monatelangen Abwesenheit der Mutter und wo sie doch keine Angehörigen hatten. Die so dachten, kannten eben ihre Kinder nicht. Sie wussten nicht – konnten auch nicht wissen – dass ihr Jorge mit fünfzehn schon kein Kind mehr war und dass auch der dreizehnjährige Pablo so viel Verantwortungsgefühl und Ernst aufbrachte wie ein Erwachsener. Zu viel Ernst. Dreizehn war er jetzt, hatte gerade den Geburtstag hinter sich. Er war also letztes Jahr im Juni zwölf gewesen, zwölf und ein paar Monate. Aber wie hatte sie mit ihm kämpfen müssen an jenem Abend, als sie im Schrank, ganz hinten zwischen den alten Arbeitshosen ihres verstorbenen Mannes, das Gewehr gefunden hatte. Wäre es wenigstens eine richtige Waffe gewesen … Aber Gewehr war ein viel zu großes Wort für das sonderbare Gebilde mit zerbrochenem, recht und schlecht mit Klebeband zusammengehaltenem Lauf. Ein Mordinstrument war es, eher noch ein Selbstmordinstrument, für Pablo gefährlicher als für den Gardisten, auf den er es irgendwann einmal richten wollte. Dieses Gewehr war der Anlass zum ersten und einzigen Streit zwischen ihr und dem Jüngsten gewesen, und zum ersten Mal war ihr klar geworden, dass sie neben der Verantwortung für die ›Jungen‹, die Söhne fremder Mütter, auch eine Verantwortung für die eigenen Kinder trug. Eine Verantwortung, zu der viel mehr gehörte als das Essen und die Kleidung, die sie ihnen von ihrem spärlichen Gehalt kaufen konnte. Sie hatte dem Jungen zu erklären versucht, dass sie seine Absichten verstand und sogar respektierte, nur musste auch er einsehen, dass Kampf nicht immer dasselbe war wie Kampf, dass man zumindest etwas in Händen haben musste, womit man kämpfen konnte, ohne die eigenen Leute in Gefahr zu bringen. Das verstand er doch? Er glaubte doch nicht etwa, sie nähme das lächerliche Ding da nur zum Vorwand, wolle vertuschen, dass sie im Grunde nur Angst um sein Leben hatte? Doch, gerade das schien er zu glauben. Noch nie hatte sie sein Gesicht so verschlossen gesehen, – ein verstocktes Kindergesicht, in dem jeder Muskel gegen das Weinen ankämpfte, dessen Mund nervös zuckte und dessen Augen fest zusammengekniffen waren. Da war sie auf die Idee gekommen, ihm das streng gehütete Geheimnis seines älteren Bruders preiszugeben. Ihm die Wahrheit zu sagen: Dass Jorge nicht bei der Tante in Managua war, sondern irgendwo bei den ›Jungen‹. Dass er Monate zuvor nicht, wie seine Geschwister und selbst die Mutter geglaubt hatten, einen Karate-Kurs besucht, sondern heimlich mit Gleichgesinnten Schießübungen gemacht hatte, allerdings mit RICHTIGEN GEWEHREN. Dass auch sie die Wahrheit erst nach und nach erraten hatte, weil es ihr unbegreiflich schien, dass seine Hosen nach den Karateübungen stets an einem Knie durchgescheuert waren, immer nur am linken Knie, bis sie schließlich Flicken von anderen, Jorge längst zu klein gewordenen Hosen hatte aufsetzen müssen …

Während sie dem einen Sohn das Geheimnis des anderen anvertraute, begriff sie, dass sie es nicht tat, um ihm einen Vertrauensbeweis zu liefern, ihm klar zu machen, dass sie ihm das Kämpfen mit DIESEM GEWEHR nicht aus Prinzip oder aus reiner Mutterliebe oder aus Feigheit, wie er es nannte, ausreden wollte. Vielmehr fühlte sie selbst sich beim Erzählen zunehmend erleichtert. Nun war sie endlich nicht mehr allein mit dem Wissen um die gefährliche Wahrheit. Wochenlang hatte sie die Zähne zusammengebissen und die Worte hinuntergeschluckt, die ihr ständig auf der Zunge lagen und manchmal nahe daran waren, zwischen ihren Zähnen hindurch zu schlüpfen. Der Tochter konnte sie nichts sagen, die hatte schon genug zu tragen an der Hausarbeit, der Sorge um die beiden Brüder, der ständigen Furcht vor einer Razzia der Garde und der heimlichen nächtlichen Handarbeit. Zusammen mit der Mutter nähte sie schwarz-rote Armbinden und besserte grüne Uniformen – die irgendein Sohn einer fremden Mutter einem gefallenen Gardisten vom Leibe gezerrt hatte – aus oder wusch sie so lange und so verbissen, dass man glauben konnte, sie wolle nicht nur jede Spur von Schweiß – von Angstschweiß des nun toten Gardisten – aus ihr herauswaschen, sondern auch ihren eigenen Angstschweiß, der schon beim Anblick eines lebenden Gardisten aus ihren Poren trat und für den sie sich schämte.

Dabei konnte man ihre Angst doch verstehen, vor allem in den zwei oder drei Nächten im Monat, in denen sie gemeinsam mit Paula die ›entfernten Verwandten‹ zu betreuen hatte, die ›auf der Durchreise‹ waren und sich gierig auf den Teller Bohnen stürzten oder sich hastig vor dem Spiegelscherben in der Küche die spärlichen, aber dennoch für eine gewisse Verwahrlosung, eine verdächtige Lebensweise sprechenden Bartstoppeln abrasierten. Nein, die Tochter konnte sie nicht noch mehr belasten. Sie hatte Manuela eigentlich nie etwas geben können, hatte fast immer etwas von ihr fordern müssen. Schon damals, als ihr Mann starb und Manuela erst acht war. Wie hätte sie, Paula, ihre Arbeit tun können, hätte nicht die Tochter ohne ein Wort der Klage oder der Beschwerde auf den Schulbesuch verzichtet und die Hausarbeit übernommen? Und auf ihre Arbeit konnte und wollte Paula nicht verzichten, weil sie das Geld brauchte für die drei Kinder und weil sie es mehr als sonst etwas auf Erden liebte, vor der schwarzen, unberührten Tafel zu stehen und mit weißer Kreide sorgfältig den ersten Buchstaben zu schreiben, den ersten, den die Kinder, die da vor ihr saßen, in ihrem Leben zu sehen bekamen. Die paar Glücklichen, die zur Schule gehen konnten und nicht mitverdienen oder, wie Manuela, die Geschwister versorgen mussten. Dabei hatte Manuela noch Glück, denn abends, wenn Jorge und Pablo schon schliefen, schrieb die Mutter trotz ihrer Müdigkeit mindestens eine Stunde lang Diktat mit ihr oder stellte ihr beim gemeinsam verrichteten Abwasch Rechenaufgaben: wenn Jorge abends einen Teller Bohnen isst und Pablo zwei und einen halben, wie viele Teller Bohnen fehlen dann im Topf?

Dabei hätte sie oft Gelegenheit gehabt, der Tochter reinen Wein einzuschenken. Wenn sie zum Beispiel auf die Schritte der ›Jungen‹ lauschten, die in ihrem Haus die Nacht verbracht hatten und sich im Morgengrauen heimlich davonschlichen, nach einem dankbaren Händedruck. Es wäre ein leichtes gewesen, zum Beispiel zu sagen »dein Bruder Jorge hat wohl heute Nacht auch bei Fremden geschlafen. Er ist auch einer von denen da, einer von unseren muchachos« … Aber sie hatte sich stets beherrscht und nur in der Kirche, neben der Nachbarin und einzigen Freundin kniend, statt des Vaterunsers einen stummen Hilferuf zum Himmel geschickt, wenn auch ohne große Überzeugung. Sie betete eher aus alter Gewohnheit, aber irgend jemanden brauchte sie, dem sie ihre Ängste anvertrauen konnte.

Auch von ihren heimlichen Gebeten erzählte sie nach dem Auffinden des Gewehrs dem jüngeren Sohn, und davon, wie sein Bruder eines Tages zu ihr gekommen war und ihr halb stolz, halb betreten die Wahrheit gesagt hatte: dass er schießen gelernt und schon eigenhändig vier Kontaktbomben gebastelt hatte, hier im Haus, hinter ihrem Rücken. Und dass er jetzt zu den ›Jungen‹ gehen wollte, um mitzukämpfen. Er sei fast fünfzehn und wolle nicht zu Hause von der Garde abgeschlachtet werden, ohne eine Möglichkeit, sich zu wehren. Das hatte sie überzeugt, mehr noch als die Worte des Jungen war es das Bild von Josefa, der Frau von gegenüber, die vor ein paar Wochen schreiend, mit aufgelöstem Haar, auf die Straße gelaufen war und die Nachbarinnen ins Haus gerufen hatte, um ihnen, am ganzen Leib zitternd und ohne eine Träne vergießen zu können, gezeigt hatte, was in ihrem Wohnzimmer auf dem Boden lag: der misshandelte, leblose, in viel zu kurzen Hosen steckende Körper ihres einzigen Sohnes. Alles Blut war ihm aus dem Gesicht gewichen und floss jetzt in einem kleinen Rinnsal aus seinem Mund. Nur weil er fünfzehn ist, hatte die Frau immer wieder hervorgestoßen, ist es denn ein Verbrechen in diesem Land, fünfzehn zu sein?

All das erzählte sie nach dem Auffinden des Gewehrs ihrem zweiten Sohn, damit er sie nicht für feige hielt oder für eine Mutter, die nur an ihre eigenen Kinder dachte, während ringsum Kinder starben, die längst keine Kinder mehr waren, auch, wenn sie so aussahen. Pablo hatte sie dann auch wirklich verstanden und ihr in die Hand versprochen, das gefährliche, untaugliche Gewehr aus dem Hause zu schaffen. Wenn der Aufstand noch weiter um sich griff, würde sich auch für ihn eine andere, nicht weniger wichtige Aufgabe finden. Und später erst, wenn wir gesiegt haben, wenn wir hier alles ändern werden, hatte Paula gesagt und ihm tröstend übers Haar gestrichen, zärtlich und ein wenig traurig darüber, dass er schon so vernünftig, so unnatürlich erwachsen war mit seinen zwölf Jahren. Später? hatte er ungläubig gefragt, später? Dann ist doch alles vorbei …

Paula lächelte dem Foto auf ihrem Nachttisch zu. Da waren sie, ihre drei Kinder: Manuela, die jetzt mit sechzehn schon ganz allein die Mutter vertrat, Jorge, der mitgekämpft hatte und gottseidank am Leben geblieben war, und Pablo, der Jüngste. Jetzt würde er wohl erfahren, dass seine Mutter nicht gelogen hatte, als sie ihn auf spätere Aufgaben vertröstete. Bald würde die Reihe an ihm sein, im März schon, wenn die Alphabetisierungskampagne begann. Hoffentlich begriff er, dass auch dies ein Kampf war, nicht weniger hart und anspruchsvoll als der, den sein Bruder gekämpft hatte. Dass auch so etwas Standhaftigkeit und Ausdauer verlangte: in alten und weniger alten, aber doch immer erwachsenen, zum großen Teil kampferfahrenen Menschen ein Interesse an den kleinen schnörkelhaften Gebilden zu wecken, mit denen man Worte und ganze Sätze zu Papier bringen konnte. Würde der Junge genügend Geduld aufbringen, wenn er sah, wie schwer es war, gegen harte Bauernschädel anzukämpfen?

Paula drehte sich wieder zur Tür. Plötzlich ertrug sie den Anblick der Schneeflocken nicht mehr, als seien sie es, sie ganz allein, die ihr wieder einmal ihre Lage bewusst machten. Diesmal würde sie nicht dabei sein; sie würde weder Bauernhände beim Schreiben führen, noch ihre eigenen Erfahrungen an junge Leute weitergeben können, an halbe Kinder noch, die nun für ein Jahr ihre ›Kollegen‹ wurden. Ihr kleiner Pablo ihr Kollege? Welche Überraschungen hielt doch diese Revolution parat, selbst für sie, die nach der Nacht des Bombardements mit ihrem Leben abgeschlossen hatte. Die nicht gewusst hatte, ob sie den Leuten dankbar sein sollte, die trotz der Ausgangssperre ins Sandinistenhospital gekommen waren, um für Paula, die Lehrerin, Blut zu spenden. Seit jener Nacht fühlte sie sich älter, als es ihre vierzig Jahre erlaubten. Musste sie doch sogar das Laufen neu lernen mit dem einen Bein. Und das schlimmste war, dass sie zum ersten Mal in ihrem Leben dazu verurteilt war, untätig zu sein, ans Bett gefesselt, auf fremde Hilfe angewiesen, von niemandem gebraucht …

Paula wusste, dass sie diese Gedanken in den hintersten Winkel ihres Hirns verbannen musste, und plötzlich wünschte sie, irgend jemand würde die Tür zu ihrem Zimmer öffnen und sie etwas fragen, sie um etwas bitten, wie man eine Lehrerin um Rat fragt oder eine Mutter. Und dann musste sie laut lachen, weil die kraushaarige Jimena, die erst Hausangestellte, dann Partisanin gewesen war und der es in Esteli den rechten Arm weggerissen hatte, gerade in diesem Augenblick schüchtern zur Tür hereinkam und Paula bat, ihr den Brief von ihrem ehemaligen

Kommandeur vorzulesen. Sie hatte ihn eben erst bekommen. Und während Paula das kleine, aus einem Rechenheft herausgerissene Blatt glatt strich und versuchte, die fremde, eigenwillige Handschrift zu entziffern, fühlte sie sich plötzlich wieder jung, weil sie begriff, dass auch sie den Aufruf an alle Landsleute, die des Lesens und Schreibens kundig waren, befolgen konnte. Sie würde auch alphabetisieren, sie würde ihr Wissen und ihre Geduld dem jungen Mädchen schenken, das da auf ihrem Bett saß. Sie konnte nützlich sein, selbst hier in diesem Berliner Krankenhaus.

Orlando blieb stark in der Folterhölle des »Atlacatl«

Junge Welt, 1982

Am 12. August finde ich mich, etwas überpünktlich, im Sitz des Sandinistischen Jugendverbandes 19. Juli in Managua ein. Man hat mir ein Gespräch mit Orlando zugesagt, aber es muss ein kurzes Gespräch werden, weil sein Terminkalender bis auf die letzte Stunde ausgebucht ist. Orlando arbeitet in der Abteilung Propaganda des Jugendverbandes, in der Abteilung, die in diesen Tagen zugespitzten Kampfes in Nikaragua die größten, kompliziertesten Aufgaben zu bewältigen hat.

Orlando ist ein Junge, wie man sie in Managua allerorten trifft, ein Junge, der sich durch nichts von seinen Altersgenossen unterscheidet und von dem ich weiß, dass er alles daransetzt, »einer von vielen« zu bleiben. Doch dann, als er zu erzählen beginnt, wird mir nach und nach klar, dass Orlando einer von jenen Menschen ist, die man ein Leben lang nicht vergessen kann.

Jetzt, an diesem Tag, sind genau fünf Monate vergangen, seit das US-State-Department der Welt »einen unwiderlegbaren Beweis« dafür liefern wollte, dass Nikaragua »die Revolution exportiert und die salvadorianische Befreiungsbewegung mit Waffen und Kämpfern unterstützt«. Aber Orlando hatte an jenem 12. März vor der versammelten Weltpresse der amerikanischen Propagandamaschinerie einen empfindlichen Schlag versetzt, indem er erklärte, mit welchen Methoden man ihn zwingen wollte, die angeblichen »Beweise« zu liefern.

Von all den »Fakten«, die der Pressesprecher des State Departments am 12. März vor den Journalisten aufzählte, bevor er Orlando Tardencilla das Wort erteilte, entsprach nur einer der Wahrheit: Tatsächlich war der junge Nikaraguaner Ende Januar 1981 in El Salvador festgenommen worden, und man hatte ihm die Beteiligung am bewaffneten Kampf in den Reihen der FMLN nachgewiesen. Die Behauptung jedoch, Tardencilla sei »im Auftrag der Sandinistischen Befreiungsfront« und im Rahmen eines groß angelegten Manövers der FSLN, bestehend aus der »Entsendung von Terroristen und Waffen«, nach El Salvador gegangen, war durch und durch erlogen. Orlando war auf eigenen Entschluss, »getrieben von diesem Gefühl, das wir Revolutionäre das internationalistische Bewusstsein nennen«, in das Nachbarland gegangen.

Kein Wunder, dass die amerikanischen »Experten für Subversion«, die Orlando auf seinen Auftritt vor der Presse vorbereitet hatten, seine Beweggründe nicht nachempfinden konnten! Woher auch sollten sie wissen, was es bedeutete, im Indioviertel Monimbó in Masaya als sechster von elf Geschwistern aufzuwachsen … Wie sollten sie begreifen, dass sich Orlando, wie Tausende seiner Altersgefährten, im Jahre 1977 der Sandinistischen Befreiungsfront anschloss, weil es für ihn und seinesgleichen keinen anderen Weg gab als den des Kampfes gegen die Diktatur, wenn sie jemals ein menschenwürdiges Dasein erringen wollten. Der blutig niedergeschlagene Aufstand von Monimbó im Februar 1978, die Kämpfe im September desselben Jahres und vor allem die Wochen und Monate der Schlussoffensive der FSLN, die schließlich im Sieg der Befreiungsfront und des Volkes über Somoza gipfelte – all dies war die Schule, die aus dem Jungen aus Monimbó einen Revolutionär machte.

Einen Revolutionär, dem es allerdings dann an der nötigen Disziplin mangelte, den Anweisungen seiner Organisation Folge zu leisten und seinen revolutionären Elan in die Aufgaben einzubringen, die in der nun beginnenden zweiten Phase der sandinistischen Revolution an der Tagesordnung waren: Aufbau des zerstörten Nikaragua.

Orlando verfolgte die Nachrichten aus dem Nachbarland El Salvador. Und da er die Sache des salvadorianischen Volkes als seine eigene empfand, tat er schließlich im April 1980 den Schritt, von dem viele seiner Landsleute insgeheim träumten, den sie sich jedoch aus Disziplin versagten: Er ging, um in den Reihen der FMLN zu kämpfen.

Zunächst als einfacher Kämpfer, später dann als Kommandeur einer kleinen Einheit, deren Lager eines Tages während seiner Abwesenheit entdeckt und angegriffen wurde. Orlando machte sich auf die Suche nach den in vier Gruppen zersprengten Genossen, allein und – strikt eine Anweisung des Oberkommandos der FMLN befolgend – unbewaffnet. Das war Vorschrift für jeden Kämpfer, der in Erledigung eines Kampfauftrages gezwungen war, sich auf der Landstraße zu bewegen oder öffentliche Verkehrsmittel zu benutzen.

Die Passagiere des Überlandbusses, der an diesem 31. Januar 1981 über eine der Landstraßen in der Nähe von San Salvador fährt, ahnen nicht, dass sich unter ihnen ein Kämpfer der FMLN befindet, als der Bus von einer Militärstreife angehalten wird.

Die »routinemäßige Kontrolle« zieht sich in die Länge, weil sich die Soldaten heute etwas Besonderes ausgedacht haben: Jeder der Passagiere des Busses muss langsam, ganz langsam an einem in der Nähe postierten Panzer vorübergehen …

»Ich begreife nicht, was das soll, aber ich bin ganz ruhig, denn niemand hat erkannt, dass meine Papiere, die mich als Salvadorianer ausweisen, gefälscht sind. Ich gehe also an dem Panzer vorbei, und plötzlich höre ich jemanden rufen: ›Der da ist der Verantwortliche, der da ist der Nikaraguaner!‹ Da ich politische und militärische Informationen im Kopf habe und weiß, was meine Festnahme für die Organisation bedeuten würde, renne ich los, wobei ich eines ganz genau weiß: Entweder ich kann entkommen, oder ich komme um.«

Aber die gegnerischen Soldaten handeln diesmal entgegen ihren Gewohnheiten. Sie werfen ihre Waffen zu Boden und verfolgen Orlando, holen ihn ein und überwältigen ihn. Warum wollen sie ihn lebendig? Er begreift es nicht sofort, nicht am ersten Tag, aber nach jeder Folterrunde kommt ihm deutlicher zu Bewusstsein, dass man, unter vielem anderen, vor allem ein Geständnis aus ihm herauspressen will: auf welchem Weg und mit wie vielen Landsleuten er, als Nikaraguaner, nach El Salvador gekommen sei und auf welchem Weg die Sandinisten ihren Genossen im Nachbarland Waffen lieferten …

Ich muss, bevor ich Orlando weiter berichten lasse, etwas gestehen: Ich hatte oft Gelegenheit, mit Genossen zu sprechen, die gefoltert und misshandelt wurden, aber nie hat mir jemand so deutlich wie Orlando Einblick in das Denken und Fühlen eines Menschen vermittelt, der monatelang, Tag für Tag, Stunde um Stunde, wählen muss zwischen der Treue zu seiner Überzeugung und dem verführerischen süßen Gift des Wissens darum, dass ein einziges Wort dem Schmerz ein Ende breiten könnte.

Ich will daher im folgenden nicht in allen Einzelheiten wiedergeben, welchen Foltermethoden Orlando Tardencilla, damals knapp 19 Jahre alt, fünf Monate hintereinander ausgesetzt wurde, sondern will ihn mit seinen eigenen Worten schildern lassen, wie in den einzelnen Stadien seines Leidensweges »die Schmerzen« seine Überzeugung nicht schmälerten, sondern sie von Tag zu Tag stärker werden ließen.

Mit Schlägen auf den Kopf, Fußtritten in den Magen, Schlägen auf die nackten Fußsohlen – die direkt ins Gehirn zu dringen scheinen – und Stromstößen an Händen, Mund, Nase und Ohren vergehen die ersten Tage in der Folterhölle des Spezialbataillons »Atlacatl«. Orlandos Reaktion ist zunächst hartnäckiges Schweigen. Er weiß, dass seine Genossen eine gewisse Zeit brauchen, um ihre Stellungen und ihre Strukturen, die ihm bekannt sind, zu verändern, so dass selbst eine möglicherweise aus ihm herausgeprügelte Information keinen Schaden mehr anrichten kann. Seine Peiniger werden langsam nervös und beschließen, den Grad der Folter zu verschärfen.

»Sie beginnen nun mit einer Folter, die nur sehr schwer zu ertragen ist: das sind die Nadeln, die unter die Fingernägel getrieben werden. Sie setzen dich auf einen Stuhl, halten die Finger fest und treiben eine Nadel unter den Nagel des ersten Fingers. Das tut wahnsinnig weh, und du hast nur den Wunsch, laut zu schreien. Aber du schreist nicht, weil du es nicht kannst. Nicht etwa, weil es deine Überzeugung verbietet, sondern einfach deshalb, weil der Schmerz jeden Schrei erstickt. Ist die Nadel tief genug eingedrungen, lassen sie sie stecken. Und das ist der Augenblick, da man begreift, warum man kämpft. Das ist der Moment, da ich das Gefühl habe, der glücklichste Mensch der Welt zu sein: Ich empfinde deutlich wie nie, dass gar kein anderer Weg bleibt als der Kampf. Dann kommt die zweite Nadel, und wenn es auch wieder sehr wehtut, so

ist es doch nicht mehr so schlimm wie bei der ersten. Nun akzeptiert man den Schmerz schon mit einer gewissen Routine.«

Als alle diese physischen Foltermethoden Orlando nicht zum Sprechen bringen können, versuchen es seine Peiniger mit raffinierteren Mitteln. Sie spritzen ihm Lösungen ins Blut, die Halluzinationen hervorrufen. Er sieht die schrecklichsten Dinge und Wesen, hat grauenerregende Visionen, die jede Vorstellungskraft übersteigen und ihn in die tiefste Depression treiben. Plötzlich hat er das Gefühl, der niederträchtigste Mensch der Welt zu sein, ein Nichts, oder, wie seine Folterer ihm immer wieder einreden, »ein Scheißdreck, ein nützlicher Trottel«, jemand, der für die Bewegung, der er angehört, wertlos ist. Und selbst unter dem Einfluss dieser Drogen gelangt Orlando zu einer wichtigen Erkenntnis:

»Unter größtem Aufwand meiner geistigen Kräfte überlege ich: Wenn ich für die revolutionäre Bewegung wertlos bin – warum halten mich diese Leute hier fest und foltern mich? Also habe ich doch irgendeinen Wert!«

Man foltert ihn weiter, täglich, hängt ihn an Händen und Füßen auf, wobei er das Gewicht seines eigenen Körpers und das eines rittlings auf ihm sitzenden Folterers ertragen muss; man presst seinen Kopf in eine Gummikapuze und zieht diese so fest zu, dass er zu ersticken droht. Erst wenn er die ersten Zuckungen des Todeskampfes vollbringt, wird die Kapuze gelockert ..., bis das Ganze von neuem beginnt. Aber nun sind, nach Orlandos Rechnung, die ersten beiden Monate vergangen, und er kann, ohne jemanden zu gefährden, zumindest zugeben, dass er Nikaraguaner ist. Seinen Peinigern genügt das nicht, sie wollen wissen, ob sich weitere Landsleute in El Salvador befinden. Sie foltern ihn jetzt mit elektronischen Mitteln und schließlich mit Ultraschall.

Und bei einer dieser »Sitzungen«, als man ihm einen Schlag auf die Schläfe versetzt und die Binde von seinen Augen rutscht, erkennt er, dass der Offizier, der das Verhör leitet, ein US-Amerikaner ist. Und das Bewusstsein, als Teil der unterdrückten Menschheit und ihres Befreiungskampfes einem solchen Feind gegenüber zu stehen, stärkt ein weiteres Mal seine Fähigkeit, Schmerzen zu ertragen und standhaft zu bleiben. Er hat nun durchschaut, was die amerikanische Propaganda erreichen will: Er soll Kronzeuge werden gegen sein Volk, gegen die Revolution.

Und da beschließt er, die Situation von nun an selbst zu bestimmen, auf eine Weise, die es ihm zumindest ermöglicht, bis zum letzten Atemzug weiter zu kämpfen.

»Von nun an verschließe ich mich völlig. Ich gebe keine einzige konkrete Information. Ich kenne die faschistischen Methoden, ich spüre, wenn man auch nur eine einzige Information gibt, drücken sie einen aus wie eine Zitrone. Und die Schale, die werfen sie anschließend weg. So sage ich kein Wort. Die Leute sind mittlerweile am Rande ihrer Geduld. Sie isolieren mich. Sie sperren mich in ein Zimmer, wo ich kein Tageslicht sehe, wo mir die Augen verbunden und die Hände gefesselt sind. Und das dauert Monate.

Es hätte nicht viel gefehlt, und ich wäre wahnsinnig geworden. Was ich in dieser Zeit gefühlt habe? Alles. Alles, was man nur fühlen kann. Ich dachte: Wenn ich hier bin, so hat das seinen Grund. Wenn sie mich nicht umgebracht haben, dann nur deswegen, weil ich unverdrossen eine bestimmte Haltung beibehalten habe. Weil ich meiner Überzeugung treu geblieben bin. Solche Worte wiederhole ich mir, im Selbstgespräch, ununterbrochen. Dann sage ich mir folgendes: Hier kannst du lange Zeit bleiben. Ein Jahr, zwei, vier, fünf, zehn, zwanzig, vierzig, ja sogar sechzig Jahre. Und du kannst leiden, während all dieser Jahre. Aber solange du hier aushältst und leidest, stehst du an der Seite deines Volkes. Und dein Volk wird dich eines Tages hier rausholen. Vielleicht sind dann nur noch deine Knochen da, aber es wird dich rausholen. Also bleib fest.«

Und wirklich: nach fünf Monaten ununterbrochener Folter, nach weiteren neun Monaten strengster Einzelhaft, konnte Orlando die Folterhölle des Bataillons »Atlacatl« verlassen. Aber nicht durch die Gnade seiner Folterknechte, sondern allein deshalb, weil er einen neuen Weg des Kampfes für sich gewählt hatte: Mit zweideutigen Äußerungen hatte er bei denen, die ihn zum Geständnis zwingen wollten, den Eindruck erweckt, als sei er bereit, die von ihm gewünschten Aussagen zu machen.

Wären seine Gegner nicht ihrer eigenen Demagogie zum Opfer gefallen, hätten sie bei seinen Aussagen Verdacht schöpfen müssen, denn alles, was Orlando sagte, war: »Als politischer Häftling bin ich bereit, die Wahrheit zu sagen. Ich weiß nicht, wem das schaden wird – aber ich werde die Wahrheit sagen.« Und weil seine Gegner nichts aus der Geschichte des revolutionären Kampfes gelernt haben, weil sie nicht begreifen, dass Revolutionen nicht exportiert werden, vertrauten sie darauf, dass Orlandos Wahrheit mit der ihren übereinstimmen würde, und brachten ihn in die USA, um ihn der Presse vorzustellen.

Vielleicht waren sie sich ihrer Sache aber doch nicht so sicher. Hätten sie es sonst für nötig gehalten, Orlando zwei Tage lang pausenlos von »Psychologen« und »Experten für Subversion« bearbeiten zu lassen? Es spricht für ihre Blindheit, alles für käuflich zu halten, dass sie glaubten, mit materiellen Versprechungen locken zu können. Sie zeigten Orlando Kataloge mit Autos, Villen, Kleidung, Luxusartikeln und sagten ihm, er solle wählen, was er wolle. Sie versprachen ihm ein »neues Leben«. Ihm, der aus Monimbó, Masaya, Nikaragua kam. Dann wieder »politische Instrukteure«, Experten für alles mögliche – stundenlange Gespräche.

»Dann kommt ein ›Experte für amerikanische Angelegenheiten‹ und spricht von der Hilfe der USA für Nikaragua. Er spricht von der Güte des Imperialismus, die ich in Nikaragua und El Salvador so gut kennengelernt hatte! Er spricht vom Machtverlust des Kommunismus. Nun, ich kann mir nicht erklären, wie es möglich ist, dass die Welt sich zur Hälfte befreit hat, in nur 64 Jahren, und diese Leute noch immer behaupten, der Kommunismus werde immer schwächer.

Am Freitag, dem 12. März, bringen sie mich dann ins State Department. Ich muss dazu sagen, dass ich ständig gefesselt bin, und bewacht von sieben Angehörigen der amerikanischen Sicherheit. In einem Raum, in dem sie ihre M-16-Gewehre auf mich richten.

Also spreche ich nun mit dem Pressesprecher Dean Fisher, bevor ich in den Raum gehe, in dem die Journalisten sitzen, und Fisher nimmt mir die Handschellen ab und sagt, ich sei in diesem Augenblick DER MANN DER DEMOKRATIE. Ich würde eine grundlegende Rolle in der Bewegung gegen den Kommunismus spielen. Und er fragt, ob ich bereit sei, die Wahrheit zu sagen, und ich sage: ›Ja, mein Herr, mit dem größten Vergnügen der Welt will ich die Wahrheit sagen.‹ ›Prima‹, sagt er, ›jetzt wird die ganze Welt sehen können, wer die Kommunisten sind.‹ Er lächelt mich an, aber seine Augen sind hasserfüllt.

Nun stellt er mich den Journalisten vor, und in diesem Moment weiß ich, was das heißt: Vaterland oder Tod. Ich habe es immer gewusst, aber nun bestätigt sich alles noch einmal so nachdrücklich, denn ich muss die Entscheidung treffen, und die Sache ist nicht einfach. Schließlich weiß ich nicht, ob da echte Journalisten vor mir sitzen oder falsche, ob das wirklich die Pressekonferenz ist oder nur ein Test. Und selbst wenn die Journalisten echt sind, was wird werden? Mir wird das Ende gewiss. Und so muss ich mich entscheiden: Vaterland oder Tod.

Und so sage ich also diesen Herren die Wahrheit. Ich prangere die Propagandakampagne des Imperialismus an. Und nun kommt es im State Department zu einem wahnsinnigen Durcheinander. Dean Fisher mit seinem Klüngel auf der einen Seite und die Sicherheitsagenten auf der anderen Seite zerren an mir herum, und Fisher ist außer sich: ›Warum hast du die Demokratie der USA lächerlich gemacht? Warum hast du uns für dumm verkauft?‹ brüllt er mich an. Und ich antworte ihm: ›Mein Herr, ich kann mich nicht selbst verleugnen.‹«

Es gibt keinen Zweifel: Nichts anderes hat Orlando das Leben gerettet als sein eigener Mut. Die Welt hatte auf den Bildschirmen der Fernsehempfänger das Gesicht dieses jungen Revolutionärs gesehen; es war unmöglich, ihn einfach »verschwinden« zu lassen.

Nach einer endlos scheinenden Nacht der Isolierung und der Ungewissheit konnte Orlando dem Botschafter Nikaraguas in den USA die Hand drücken. Zwei Tage später begrüßte ihn sein Volk, jubelnd und voller Stolz, auf dem Flughafen Augusto C. Sandino. Und auf dem Gesicht des jungen Mannes, der, auf sich selbst gestellt und unter Lebensgefahr, das US-State Department vor aller Welt blamiert und den USA einen Vorwand für eine Aggression gegen Nikaragua genommen hatte, lag in diesem Augenblick ein Ausdruck der Verlegenheit.

Orlando, dessen Standhaftigkeit ich zutiefst bewundere, gesteht mir am Ende unseres Gesprächs, dass er noch etwas anderes gelernt hat in diesen letzten zwei Jahren:

»Wenn ich jetzt hier in Nikaragua im Jugendverband arbeite und nicht mehr in den Reihen der FMLN kämpfe, so bedeutet das nicht, dass sich an meiner solidarischen Haltung gegenüber unserem Brudervolk auch nur das geringste geändert hätte. Auch wenn wir diese unsere Revolution verteidigen, hier, in Nikaragua, auch dann sind wir Internationalisten. Denn wir geben ein Beispiel an wahrer Macht des Volkes, und in diesem Sinne zeigen wir anderen Völkern einen Weg. Im Grunde kann man sagen, dass wir mit allem, was wir hier in unserem Land tun, auch die Völker von El Salvador, Guatemala und Chile verteidigen. Und alle kämpfenden Völker …«

Inhalt

Verlagsanschriften:

Verlag Wiljo Heinen
Franz-Mehring-Platz 1
10243 Berlin
www.gutes-lesen.de

Verlag Wiljo Heinen
Schulstr. 20
24860 Böklund

Gestaltung, Typografie, Umschlag:
W. Heinen, www.wiljo.de

Gesetzt aus der ITC Clearface Std (Text) und der Univers Next (Überschriften); auf dem Umschlag kamen Veljovic Script LT und SuperGrotesk zum Einsatz. Gedruckt auf Munken Premium 1.5 90 g, Umschlag Performa White 260 g.

Druck und Weiterverarbeitung: Prime Rate Kft., Ungarn
Printed in the EU.

»Was bleibt« hat die

ISBN 978-3-95514-049-6

Bibliografische Information der Deutschen Nationalbibliothek
Die Deutsche Nationalbibliothek verzeichnet diese Publikation in der Deutschen Nationalbibliografie; detaillierte bibliografische Daten sind im Internet über http://d-nb.info/ abrufbar.

ARBEITERLOGIK

ist die Logik derer, die von ihrer Arbeit leben. Sie unterscheidet sich von der »Logik« der Kapitalisten und deren Hand- und Kopflangern.
Nicht »Nationen«, nicht »Völker«, nicht »Religionen« – keine der von jenen erfundenen Widersprüche zählt für die Arbeiterlogik.